Nele Neuhaus

Charlottes Traumpferd

Gefahr auf dem Reiterhof

PLANET!

Nele Neuhaus, geboren 1967 in Münster/Westfalen, lebt heute im Taunus. Sie reitet seit ihrer Kindheit und schreibt bereits ebenso lange. Nach ihrem Jurastudium arbeitete sie zunächst in einer Werbeagentur, bevor sie begann, Erwachsenenkrimis zu schreiben. Mit diesen schaffte sie es auf die Bestsellerlisten und verbindet nun ihre zwei größten Leidenschaften: Schreiben und Pferde. Ihre eigenen Pferde Fritzi und Won Da Pie standen dabei Pate für die gleichnamigen vierbeinigen Romanfiguren. Von Nele Neuhaus ist auch die Reihe »Elena – Ein Leben für Pferde« bei Planet! erhältlich. **www.neleneuhaus.de**

Charlottes Traumpferd bei Planet!:

Charlottes Traumpferd
Bd. 1

Charlottes Traumpferd
Bd. 2: Gefahr auf dem Reiterhof

Charlottes Traumpferd
Bd. 3: Ein unerwarteter Besucher

Charlottes Traumpferd
Bd. 4: Erste Liebe, erstes Turnier

Charlottes Traumpferd
Bd. 5: Wir sind doch Freunde

Charlottes Traumpferd
Bd. 6: Durch dick und dünn

Wieder im Reitstall

»Charlotte! Da bist du ja wieder!« Frau Friese, die Mutter meiner besten Freundin Dorothee, lächelte freundlich, als sie die Haustür öffnete und mich erkannte. »Wann seid ihr zurückgekommen?«

»Hallo, Frau Friese.« Ich trat aufgeregt von einem Fuß auf den anderen und wäre am liebsten an ihr vorbei direkt in Doros Zimmer gestürzt, um ihr sofort die sensationelle Neuigkeit mitzuteilen. »Vor einer Viertelstunde. Ist Doro da?«

Während der langen Fahrt von Noirmoutier nach Bad Soden hatte ich immer wieder mit dem Gedanken gespielt, meinen Vater um sein Handy zu bitten, damit ich Doro anrufen und ihr von Won Da Pie erzählen konnte. Aber ich hatte der Versuchung widerstanden, nicht zuletzt deshalb, weil mein älterer Bruder Phil mit großen Ohren neben mir gesessen und sich todsicher über mich lustig gemacht hätte.

»Nein, sie ist nicht da«, antwortete Frau Friese. »Dreimal darfst du raten, wo sie ist.«

»Im Reitstall?«

»Natürlich. Wo sonst?« Frau Friese verzog in gespielter Verzweiflung das Gesicht. »Seit sechs Wochen findet man sie nirgendwo anders mehr.«

Das konnte ich gut verstehen. Immerhin wohnten wir kaum hundertfünfzig Meter vom Reitstall entfernt, Doro, die Tochter unserer Nachbarn, sogar nur hundert Meter.

Vor vier Wochen hatte ich meine Eltern angebettelt, den Sommer über bei Frieses bleiben zu dürfen, denn ich hätte auch so gerne das Reitabzeichen gemacht und jeden Tag im Reitstall verbracht, aber da hatte es natürlich keine Diskussion gegeben. Zum Glück, wie ich jetzt dachte, denn sonst hätte ich den wohl tollsten Sommer meines Lebens verpasst.

»Alles klar«, sagte ich zu Frau Friese. »Danke!«

Ich wollte mich schon umdrehen, doch sie hielt mich zurück.

»Charlotte, warte mal. Ich möchte dir etwas sagen«, begann sie nach einem kurzen Zögern. Sie druckste ein bisschen herum. »Es … es hat sich überraschend etwas ergeben.«

Bei mir auch, dachte ich, schwieg aber.

»Doro fürchtet, du könntest böse auf sie sein«, fuhr unsere Nachbarin fort. »Aber es musste plötzlich alles ganz schnell entschieden werden.«

Jetzt war ich echt neugierig, was sie mir Geheimnisvolles zu erzählen hatte. Wieso sollte ich auf meine beste Freundin böse sein?

»Was ist denn passiert?«, wollte ich wissen.

Doros Mutter suchte nach den passenden Worten, und was sie dann sagte, versetzte mir einen Schock.

»Nun ja, hm, Ingas Eltern und wir haben vor drei Wochen ein Pferd gekauft.«

Ich starrte Frau Friese an, als hätte sie mir gegen das Schienbein getreten. Für einen Moment hatte es mir echt die Sprache verschlagen.

»Das … das ist ja toll«, brachte ich nur mühsam heraus. Seit Ewigkeiten schmiedeten Doro und ich Pläne, uns gemeinsam ein Pferd zu kaufen, wir sparten jeden Cent für diesen Traum. Jetzt hatte sie also ein Pferd zusammen mit Inga, nur weil ich vier Wochen im Urlaub und weit weg gewesen war. Wenn es sich nicht zufällig vor ein paar Tagen ergeben hätte, dass auch meine Eltern mir ein Pferd gekauft hätten, so wäre ich wahrscheinlich in diesem Augenblick vor Enttäuschung in Tränen ausgebrochen. Plötzlich hatte ich einen Kloß im Hals und in einer Ecke meines Herzens flammte Zorn auf. Ich gönnte meiner besten Freundin ein eigenes Pferd, darum ging es mir gar nicht. Aber hätte sie das nicht in dem Brief, den ich in der letzten Woche auf Noirmoutier von ihr bekommen hatte, wenigstens erwähnen können? Kein Wort hatte sie davon geschrieben! Warum nicht?

»Lotte, sei nicht böse auf Doro«, bat Frau Friese mich. »Weißt du, Inga und Doro haben zufällig eine Verkaufsanzeige im Internet gesehen, und Inga kannte das Pferd von dem Reiterhof im Vogelsberg, auf dem sie schon ein paarmal Reiterferien gemacht hat.«

»Ich bin nicht sauer«, antwortete ich. »Nur … enttäuscht.«

Doros Mutter schien nicht wohl dabei zu sein, dass ihre Tochter und Inga mich so hintergangen hatten. Schließlich war *ich* Doros beste Freundin, nicht Inga. Sie sah wirklich bekümmert aus.

»Die beiden lassen dich sicherlich auf Corsario reiten«, versuchte sie mich zu trösten.

Ich hatte es mit einem Mal nicht mehr besonders eilig, in den Stall zu kommen. In den letzten Wochen hatte ich fast vergessen, wie es dort tatsächlich war. Meine Eltern glaubten, alle Jugendlichen im Reitstall seien die besten Freunde, aber diese Illusion hatte ich schon lange nicht mehr. Die Wirklichkeit war leider völlig anders. Zwar taten alle immer freundlich, aber insgeheim war jeder nur auf seinen eigenen Vorteil bedacht. Gerade unter denen, die kein eigenes Pferd besaßen und nur auf Schulpferden ritten, war die Konkurrenz am größten.

Ich trottete langsam Richtung Reitstall. Wenn ich es mir recht überlegte, war es eine ganz schöne Gemeinheit von Doro und Inga, hinter meinem Rücken zusammen ein Pferd zu kaufen. Inga war immer ein bisschen eifersüchtig auf die Freundschaft zwischen Doro und mir gewesen. Wir wohnten direkt nebeneinander, sie dagegen ein paar Kilometer entfernt im Nachbarort. Oft konnten wir noch länger im Stall bleiben, wenn sie von ihrer Mutter abgeholt wurde. Schon ein paarmal hatte es Streit gegeben, weil Inga sich zwischen uns drängte und der einen Lügenmärchen über die andere erzählte. Und nun, mit dem gemeinsamen Kauf eines Pferdes, meinte sie wohl, es endlich geschafft zu haben, einen Keil zwischen Doro und mich zu treiben.

Wenn Reitlehrer Kessler Wort gehalten hatte – und daran zweifelte ich nicht –, wusste noch niemand etwas von meinem Won Da Pie. Ich beschloss, diese Neuigkeit erst mal für mich zu behalten und meine beiden großartigen

Freundinnen eine Weile mit einem schlechten Gewissen herumlaufen zu lassen. Noch hatte ich selbst nicht wirklich begriffen, dass mein Traum von einem eigenen Pferd Realität geworden war. Tatsächlich war es erst drei Tage her, dass ich das größte Abenteuer meines Lebens erlebt und unversehens zur Pferdebesitzerin geworden war.

Ausgerechnet zu Beginn der Sommerferien war mein geliebtes Pflegepferd Gento verkauft worden, einfach so, aus heiterem Himmel. Das hatte mich tief getroffen, und ich hatte mir fest vorgenommen, nie wieder mein Herz an ein Pferd zu hängen. Doch dann war alles anders gekommen. Mit dem festen Vorsatz, kein Pferd mehr anzuschauen, war ich vor vier Wochen mit meiner Familie in den Sommerurlaub auf die französische Atlantikinsel Noirmoutier gefahren. Eines Abends hatte ich eine Gruppe Reiter gesehen, die mit ihren Pferden durch die Dünen hinunter an den Strand geritten waren. Der Anblick, wie sie durch das hoch aufspritzende Wasser der heranbrandenden Wellen im Licht der Abendsonne den Strand entlanggaloppiert waren, hatte meine Sehnsucht sofort geweckt, und ich hatte mich insgeheim geärgert, dass ich meine Reitsachen nicht mitgenommen hatte. Aber Mama hatte sie heimlich eingepackt und am nächsten Tag war Papa mit mir zum Club Hippique, einem Reiterhof auf Noirmoutier, gefahren. Dort hatte ich Reitlehrer Nicolas, seine Frau Véronique, deren Neffen Thierry und dessen Schwester Sophie kennengelernt. Beinahe jeden Ferientag hatte ich im Club verbracht, Pferde und Sattelzeug geputzt, Boxen gemistet und überall mit angepackt. Als Gegenleistung dafür hatte Nicolas mir strengen, aber sehr lehrreichen Reitunterricht auf den unterschiedlichsten Pferden gegeben, aber ich war auch ohne Sattel an der Longe geritten, um meinen Sitz und meine Balance zu verbessern. Ja, es war zweifellos auch dadurch schon der Sommer meines Lebens gewesen! Niemals würde ich meinen allerersten Galopp am Strand vergessen, im Sattel von Brunette, einem ehemaligen Rennpferd. Oder das Wettrennen, das ich mit Le Zaza gegen Thierry gewonnen hatte! Am Anfang hatte ich noch ziemlich hilflos im Sattel gesessen, denn ich war keine besonders gute Reiterin und kein bisschen mutig, aber es war immer besser geworden. In den vier Wochen war ich fast jeden Tag geritten und hatte unglaublich viel gelernt, es kam mir fast so vor, als sei mindestens ein halbes Jahr vergangen, seitdem ich deprimiert nach Frankreich gefahren war!

Eines von Nicolas' Pferden, ein sechsjähriger brauner Wallach, hatte mich auf den ersten Blick an Gento erinnert, allerdings nur äußerlich, denn er war längst nicht so sanftmütig und gut erzogen. Nicolas hatte den Braunen gerade gekauft und feststellen müssen, dass das Pferd von seinem Vorbesitzer schlecht behandelt worden war. Tagelang hatte es sich überhaupt nicht anfassen lassen. Schließlich war es mir mit viel Geduld gelungen, sein Vertrauen zu gewinnen, und ich war zum Erstaunen aller die Einzige gewesen, die das Pferd auf seinem Rücken duldete. Heimlich hatte ich ihm den Namen Won Da Pie gegeben und mich jeden Tag um ihn gekümmert. Bei meinem letzten Ausritt an den Strand und durch die Salzsümpfe hatte ich Won Da Pie reiten dürfen. Auf dem Heimweg hatte uns ein heftiges Gewitter überrascht. Véronique, die Reitlehrerin, war mit ihrem Pferd verunglückt und in einen Salzsee gestürzt. Bei Blitz und Donner war ich mit Won Da Pie losgaloppiert und hatte Hilfe geholt. Abends waren Nicolas und Véronique, die sich glücklicherweise nicht schlimm verletzt hatte, zu uns gekommen, um sich bei mir zu bedanken. Sie hatten meinen Eltern angeboten, Won Da Pie an uns zu verkaufen, und zu meiner völligen Verblüffung hatten meine Eltern zugestimmt.

So war es gekommen, dass dieses wunderbare Pferd nun mir gehörte. Am kommenden Montagmorgen würde Won Da Pie in Nantes auf den Lkw einer Pferdespedition verladen, um die Reise nach Deutschland anzutreten! Nicolas hatte ausgerechnet, dass die Fahrt ungefähr dreißig Stunden dauern würde. Spätestens am Dienstag also würde mein Pferd bei mir sein. Und damit würde sich mein ganzes Leben vollkommen verändern! Ich konnte jeden Tag reiten und würde nicht mehr auf eine einzige Reitstunde in der Woche auf einem Schulpferd angewiesen sein.

Auf der langen Fahrt von Noirmoutier hatte ich mir immer wieder ausgemalt, was die anderen im Reitstall für Gesichter machen würden! Simon, Dani, Annika und Susanne, die zu den Älteren im Reitstall gehörten und uns Jüngere entweder wie Luft oder wie ihre Sklaven behandelten, würden zweifellos vor Neid platzen. Bis jetzt war mir gar nicht so recht bewusst geworden, was es wirklich bedeutete, ein eigenes Pferd zu besitzen, doch nun verschlug mir die Aussicht auf die zukünftigen Privilegien fast den Atem.

Montags, wenn für die Schulpferde Stehtag war, konnte ich reiten. Ich musste nicht länger meinen Putzkasten mit nach Hause nehmen, denn mir stand ein Schließfach hinter dem Umkleideraum zu. Wenn ich wollte, konnte ich auf dem Platz reiten oder ins Gelände gehen, und ich konnte jede Reitstunde mitreiten – wie ich gerade Lust hatte. Meine Freude über diese Aussichten war schließlich stärker als meine Enttäuschung.

Die falsche Freundin

Auf dem Reitplatz war eine Menge los. Herr Kessler gab Reitstunde, Frau Schlichte und Ralf ritten auf der anderen Hälfte des großen Platzes. Merle longierte auf dem oberen Zirkel ihr Pflegepferd Obermaat. Es war ein vertrauter Anblick, und dennoch hatte ich das Gefühl, hier fremd zu sein. Ich hatte die letzten Wochen in einer gänzlich anderen Welt verbracht und plötzlich vermisste ich Nicolas und Véronique, Sophie, Rémy und … Thierry. Immer wieder musste ich an ihn denken, an seine blauen Augen und sein Grinsen, das zuletzt gar nicht mehr spöttisch, sondern richtig nett gewesen war. Vier Wochen lang hatte er mich geärgert und sich über mich lustig gemacht, aber ich hatte mich von ihm nicht einschüchtern lassen. Und vorgestern, als ich mich von allen im Club verabschiedet hatte, da war er mir bis zum Auto nachgelaufen, er hatte mich völlig unverhofft umarmt und mir sogar eine Visitenkarte mit seiner Telefonnummer und seiner E-Mail-Adresse gegeben. Beim Gedanken daran flatterte ein Schwarm Schmetterlinge durch meinen Bauch. Wie schade, dass er nicht hier sein konnte! Ob es wohl von ihm ernst gemeint war, als er gesagt hatte, ich solle ihn in Paris besuchen?

Ich hatte das Ende der Auffahrt erreicht und holte tief

Luft. Was, wenn ich nun nicht mehr Doros beste Freundin sein würde? Wem konnte ich dann von meinen Erlebnissen auf Noirmoutier erzählen, von den Ausritten, meinem abenteuerlichen Ritt durch das Gewitter und von … Thierry?

Vor dem Stall waren ein paar Pferde angebunden, die ich sofort erkannte. Vicky, Quick und Barbados. Doch ein Pferd war mir gänzlich unbekannt. Das musste Corsario sein. Und tatsächlich: Doro und Inga waren damit beschäftigt, den Schimmel zu putzen.

»Lotte!«

Doro ließ Kardätsche und Striegel fallen, als sie mich er-blickte, und lief mit ausgebreiteten Armen auf mich zu. Ihre braunen Locken flogen um ihr strahlendes Gesicht, sie umarmte mich herzlich. Obwohl ich mich eben noch über sie geärgert hatte, freute ich mich doch ehrlich, sie wiederzusehen. In den vergangenen Wochen auf Noirmoutier hatte ich sie häufig vermisst. Mit ihr zusammen hätte vieles noch mehr Spaß gemacht.

»Hallo, Inga!«, rief ich mit gespielter Arglosigkeit dem Mädchen zu, das ich auch immer für meine Freundin gehalten hatte. Nur zögernd, aber mit einem unverhohlenen Triumph in den Augen, kam sie auf mich zu. Ihr linker Arm steckte noch immer in einem Gips. In der ersten Springstunde des Reitabzeichenlehrgangs war sie gestürzt und hatte sich den Arm gebrochen, das hatte Doro mir in ihrem Brief verraten.

»Hey, Lotte«, antwortete Inga.

»Wie war's in Frankreich?«, erkundigte Doro sich. »Du

hast dich ja überhaupt nicht gemeldet! Dabei hast du's doch versprochen!«

Mist. Damit hatte sie den Spieß umgedreht. Ich hatte es tatsächlich vergessen. Nein, ich hatte ihr mit Absicht nicht geschrieben, weil ich gekränkt gewesen war und eifersüchtig darauf, dass Doro, Inga und die anderen in den Sommerferien das Reitabzeichen gemacht hatten. Ohne mich.

»Was hätte ich dir schon schreiben können?«, erwiderte ich achselzuckend. »Ist nicht viel passiert. Und die Leute in Frankreich kennst du ja gar nicht. Und hier? Gibt's was Neues?«

Doro und Inga wechselten einen raschen Blick.

»Was denn?«, drängte ich. »Erzählt schon!«

Ich stellte mich mit Absicht unwissend, denn natürlich wäre mir das neue Pferd sofort aufgefallen, selbst wenn ich nicht von Frau Friese informiert worden wäre.

»Es ist ... nun ja ... wir haben ...«, begann Doro verlegen. »Ich hätte es dir gerne gesagt, aber wir hatten die Handynummer von deinem Vater nicht ... sonst hätten wir ...« Sie brach ab.

»Sonst hättet ihr – was?« Was für eine lahme Ausrede! Ich zitterte innerlich, aber es gelang mir mit gespielt harmloser Neugierde von Doro zu Inga und wieder zurückzublicken.

Es fiel meiner Freundin sichtlich schwer, mir ihren Vertrauensbruch zu gestehen. Sie wusste genau, wie tief mich der Verlust von Gento getroffen hatte, und nun stand sie da vor mir und wand sich vor Verlegenheit, sie, die sonst immer so forsch und unbekümmert war. In ihrem Brief hatte sie keine Silbe von ihrem Pferd geschrieben. Aber sie besaß im Gegensatz zu Inga wenigstens den Anstand, ein schlechtes Gewissen zu haben. Inga konnte nämlich ihr zufriedenes Grinsen nicht unterdrücken. Sie war jetzt eine Pferdebesitzerin, zusammen mit Doro, deren Freundschaft sie immer mehr gewollt hatte als meine. Ich war nur eine lästige Konkurrentin gewesen, zwar eine etwas bessere Reiterin als sie, aber das schien nun erledigt. Als Schulreiterin war ich ihr meilenweit unterlegen. Die Erkenntnis, dass sie so gemein war, ließ mich schlucken. Nicht auszudenken, wie ich mich jetzt gefühlt hätte, würde es Won Da Pie nicht geben! Mit einem Mal war mir der Reitstall, der mir immer eine zweite Heimat gewesen war, unendlich fremd.

»Doro und ich haben zusammen ein Pferd gekauft!«, platzte Inga schließlich heraus. Ihr Grinsen konnte man nur als hämisch bezeichnen.

»*Was?* Wann denn?« Ich tat vollkommen überrascht, und es gelang mir problemlos, schockiert auszusehen, schließlich war ich es ja auch.

»Vor drei Wochen«, sagte Inga und bestätigte damit, dass Doro mir in ihrem Brief diese Neuigkeit feige verschwiegen hatte. »Da drüben, der Schimmel, das ist unser Corsario.«

»Lotte, ich … ich … äh … es … ich wollte es dir wirklich sagen, damit du nicht plötzlich vor vollendete Tatsachen gestellt wirst«, stotterte Doro und wurde ganz rot im Gesicht.

Ich ging zu dem Schimmel hinüber und betrachtete ihn. Eine große Pferdekennerin war ich zwar nicht, aber ich musste neidlos anerkennen, dass Corsario ein beeindruckendes Pferd war, sicher zwei Handbreit höher als mein Won Da Pie und schneeweiß. Er hatte freundliche dunkle Augen und machte einen gutmütigen Eindruck.

»Das ist *euer* Pferd?«, vergewisserte ich mich noch einmal.

Die beiden Mädchen nickten – Inga stolz, Doro verlegen.

»Wie heißt er und wie alt ist er denn?«

»Corsario. Er ist fünfzehn«, erwiderte Inga. »Ein Holsteiner. Er hat über zwanzig M-Springen gewonnen.«

»Aha. Und wer von euch reitet mit ihm Springen? Beim Abzeichenlehrgang habt ihr das ja jetzt richtig gelernt.«

Diesen Seitenhieb konnte ich mir nicht verkneifen. Zumindest Inga hatte beim Abzeichenlehrgang nämlich rein gar nichts gelernt, denn sie hatte sich ja gleich zu Beginn den Arm gebrochen.

»Wir teilen uns Corsario«, sagte Inga schnell. »Doro reitet die nächste Springstunde und ich dann, sobald der Gips ab ist.«

»Warum hast du überhaupt einen Gips?«, fragte ich, obwohl ich es natürlich längst wusste.

»Ein Sturz beim Parcourstraining.« Inga winkte lässig ab und tätschelte Corsarios Hals. »Er ist total lieb und süß. Er würde nie bocken oder durchgehen.«

Ich warf Dorothee einen Blick zu und sie senkte die Augen.

»Toll«, sagte ich. »Herzlichen Glückwunsch!«

»Hallo, Charlotte!«, rief in diesem Moment Herr Kessler. Der Reitlehrer hatte die abendliche Unterrichtsstunde beendet und bückte sich unter der Umzäunung des Platzes hindurch.

»Na, wieder im Lande? Wie war der Urlaub?«, fragte er.

»Prima«, erwiderte ich und grinste. Er grinste auch und machte mir ein Zeichen, ihm zu folgen.

»Wann kommt dein Pferd?«, erkundigte er sich, als wir außer Hörweite der anderen waren.

»Am Dienstagmittag«, antwortete ich. »Er wird am Montag früh in Nantes verladen. Die Fahrt dauert etwa dreißig Stunden.«

»Aha. Hast du gewusst, dass sich deine Freundinnen auch ein Pferd gekauft haben? Ich war etwas erstaunt.« Er blickte zu Inga und Doro hinüber, die neugierig, aber vergeblich die Ohren aufsperrten.

»Inga hat's mir gleich unter die Nase gerieben.« Ich zuckte die Schultern. »Scheint ein tolles Pferd zu sein. Won Da Pie ist allerdings … ganz anders.«

»Wie meinst du das?«, wollte Herr Kessler wissen. Ob ihn das tatsächlich interessierte?

»Na ja.« Ich zögerte. In Frankreich war es mir nicht aufgefallen, aber Won Da Pie war längst nicht so elegant und gepflegt wie dieser Schimmel. »Er ist erst sechs und ziemlich temperamentvoll. Ich bin ein paarmal in hohem Bogen von ihm heruntergeflogen. Er hat eine ganz berühmte Abstammung, und der Mann, von dem wir ihn gekauft haben, meint, er könnte einmal ein gutes Springpferd werden. Aber noch kann er nicht besonders viel.«

»Mit sechs ist er ja auch noch sehr jung. Kennst du seine Abstammung?«, fragte der Reitlehrer neugierig und ich erinnerte mich, dass er in jüngeren Jahren ein recht erfolgreicher Springreiter gewesen war.

»Der Vater heißt Quidam de Revel, seine Mutter stammt von Le Tôt de Semilly und Starter ab.« Die französischen Namen kamen mir mittlerweile flüssig über die Lippen. »Das sind in Frankreich alles ganz gute Springpferde.«

Herr Kessler riss die Augen auf.

»*Ganz* gute?« Der Reitlehrer schien plötzlich wirklich beeindruckt. »Das ist wohl die Untertreibung des Jahres!! Wie kommst du zu einem solchen Pferd?«

»Ich … äh … das war eher Zufall«, stotterte ich überrascht.

»Mein lieber Mann!« Er grinste. »Da bin ich ja mal gespannt. Bei dieser Abstammung musst du seine Papiere festhalten, damit sie nicht vom Tisch springen.«

Er lachte über seinen Witz, ich jedoch nicht.

»Was meinen Sie damit?«, fragte ich verwirrt.

»Ich meine«, sagte der Reitlehrer nun wieder ernst, aber voller Begeisterung, »dass diese Hengste, die du aufgezählt hast, zu den besten Springpferdevererbern der internationalen Sportpferdezucht gehören. Der Vater von Quidam de Revel ist Jalisco B, der wiederum von Almé Z abstammt, wie der berühmte Galoubet, der Vater von Rodrigo Pessoas früherem Spitzenpferd Baloubet du Rouet. Aus diesen Linien stammen zig Weltmeister und Olympiasieger!«

Ich kapierte kein Wort, stand nur ziemlich belämmert da und starrte ihn an. So euphorisch kannte ich den Reitlehrer gar nicht! Herr Kessler war sonst eher phlegmatisch und neigte nicht zu Überschwänglichkeit. War das die erste

Veränderung, wenn man kein Schulreiter mehr war, sondern ein Privatpferd besaß? Unsere Unterhaltungen hatten sich bisher meistens auf seine Kommandos während des Reitunterrichts und ein freundliches »Guten Morgen!« und »Auf Wiedersehen!« beschränkt.

Leicht benommen blickte ich ihm nach, als er in der Stalltür verschwand.

»Warum hat der Kessler denn so auf dich eingeredet?« Doro stand hinter mir, und ich fuhr erschrocken herum, denn ich hatte sie gar nicht kommen sehen.

»Ach, es ging um … Frankreich«, redete ich mich heraus. Im weitesten Sinne stimmte das ja.

»Lotte«, sagte Doro nun. »Ich weiß, du bist sicher sauer auf mich. Und ich versteh das auch.«

Ich war in Gedanken ganz woanders und wusste im ersten Augenblick überhaupt nicht, was sie meinte.

»Wieso sollte ich denn sauer sein?«, erwiderte ich überrascht.

»Na ja, wegen Corsario.«

»Ach so. Deine Mutter hat's mir schon gesagt«, gab ich zu. »Ich bin nicht sauer. Vielleicht ein bisschen enttäuscht.«

»Du musst mir glauben, Lotte, ich wollte es echt nicht. Aber Inga hat total genervt. Du weißt ja, wie sie ist, wenn sie irgendetwas unbedingt will.« Doro hob die Schultern und sah so unglücklich aus, dass ich es kaum übers Herz brachte, sie weiter in dem Glauben zu lassen, ich sei wütend auf sie. Vor allen Dingen brannte ich darauf, ihr von Noirmoutier zu erzählen.

»Corsario gehörte den Leuten vom Gestüt Sonnenborn,

dem Reiterhof, auf dem Inga schon zweimal Reiterferien gemacht hat. Die wollten achttausend Euro haben, und das war Ingas Eltern zu teuer«, erzählte Doro. »Da hat sie mich so lange bequatscht, bis ich meine Eltern gefragt habe. Ich hätte viel lieber mit dir zusammen ein Pferd, Lotte. Ehrlich.«

Ich glaubte ihr.

»Ich hab's zuerst gar nicht kapiert, aber Inga war immer neidisch auf uns.« Dorothee redete wie ein Wasserfall und war offensichtlich erleichtert darüber, endlich mit mir sprechen zu können. »Ich meine, sie hätte auch Beate fragen können oder irgendjemand sonst im Stall.«

»Warum hast du mir denn nichts davon geschrieben?«, forschte ich weiter. Zu leicht wollte ich es ihr auch nicht machen.

Doro ließ den Kopf hängen. »Ich konnte nicht«, gab meine Freundin zu. »Ich komme mir so mies vor, Lotte, das musst du mir glauben! Irgendwie dachte ich immer, ich würde mich wahnsinnig freuen, wenn ich endlich ein Pferd hätte, aber Corsario macht mir überhaupt keinen Spaß. Weil … ich meine … du und ich wollten doch immer zusammen ein Pferd haben. Eigentlich waren es Ingas Eltern, die meine Eltern überzeugt haben.«

Wie hätte ich an ihrer Stelle gehandelt? Hätte ich es fertiggebracht, auf ein eigenes Pferd zu verzichten, nur um meine beste Freundin nicht zu verletzen?

Ich betrachtete Doro nachdenklich. Die Antwort war: Ja. Ja, ich hätte es nicht gemacht. Ich war sicherlich kein Engel, aber ich war im Allgemeinen sehr loyal, oft ein bisschen zu vertrauensselig und überhaupt nicht berechnend. Der Kauf von Corsario wäre zweifellos das Ende unserer Freundschaft gewesen, wahrscheinlich hätte ich den Reitstall nie wieder betreten, gäbe es da nicht Won Da Pie, der fünfzehnhundert Kilometer entfernt darauf wartete, auf einen Transporter nach Deutschland verladen zu werden.

»Ach, ist ja auch egal.« Ich zuckte die Schultern. Meine Enttäuschung verflog. »Ich finde es toll, dass du ein eigenes Pferd hast. Denn dann können wir bald zusammen reiten. Sogar ins Gelände und vielleicht auch irgendwann auf Turnieren.«

»Wieso denn das?«, fragte Doro begriffsstutzig.

»Ich hab dir auch was verschwiegen«, gab ich zu und senkte meine Stimme, obwohl ich am liebsten gejubelt hätte. »Zufällig haben meine Eltern mir vor drei Tagen auch ein Pferd gekauft. Es ist ein Wallach, sechs Jahre alt, und er heißt Won Da Pie. Am Dienstag kommt er hierher. Der Kessler weiß schon Bescheid.«

Dorothee starrte mich erst fassungslos an, aber dann breitete sich ein Grinsen auf ihrem Gesicht aus und sie war schlagartig wieder ganz die Alte.

»Mensch, Lotte, das ist obersuperspitzengenial!«

»Allerdings.« Ich grinste. »Jetzt haben wir nämlich sogar beide ein eigenes Pferd!«

»Mann, wie cool ist das denn?« Doro strahlte. »Wir müssen nie mehr Schulpferde reiten!«

»Wir können zusammen ausreiten, wann immer wir Lust dazu haben«, ergänzte ich.

»Und du kannst in den Herbstferien das Reitabzeichen

machen«, schwärmte Doro. »Wir werden gemeinsam in der Springstunde reiten! Das ist toll! Die anderen werden Augen machen!«

»Worauf du dich verlassen kannst!«

Wir grinsten uns an. Auch wenn Inga es gehofft haben mochte, es war ihr nicht gelungen, unsere Freundschaft zu zerstören.

»Ich hatte echt voll das schlechte Gewissen«, gestand Doro mir, als sich unsere erste, überschwängliche Freude gelegt hatte. »Aber Inga hat mich regelrecht erpresst. Als ich zunächst nicht wollte, hat sie geheult und hundertmal angerufen. Jetzt kapiere ich, wie gemein das von ihr gewesen ist.«

»Sie wollte mir eins auswischen«, erkannte ich nüchtern.

Ein Blick auf die Uhr zeigte, dass es schon kurz vor halb acht war.

»Ich muss nach Hause«, sagte ich. »Ich will nicht gleich am ersten Abend Krach mit meinen Eltern kriegen.«

»Dann sehen wir uns morgen«, erwiderte Doro. »Inga reitet Corsario um neun in der Reitstunde, trotz Gipsarm.«

Da kam mir eine Idee. Zu Hause lag noch meine letzte Zehnerkarte für Reitstunden, die ich in Zukunft nicht mehr brauchen würde. Zwei Reitstunden waren noch übrig.

»Weißt du was?«, sagte ich zu Doro. »Ich reite auch mit. Zum letzten Mal auf einem Schulpferd.«

Wir liefen in die Sattelkammer, die gleichzeitig als Büro diente. Auf dem Schreibtisch lag das dicke Terminbuch, in das die Reitstunden eingetragen wurden. Bei der Stunde um neun Uhr standen erst drei Namen. Ich schrieb meinen dazu. Mal sehen, was ich bei Nicolas in den vier Wochen auf Noirmoutier wirklich gelernt hatte!

INGA ÄRGERT SICH

Bis abends um zehn hatten Doro und ich gequatscht. Das war der Vorteil, wenn man direkt neben seiner besten Freundin wohnte –wir brauchten nicht mal ein Telefon. Sie hatte in ihrem Garten gesessen, ich in unserem, zwischen uns war nur der Zaun. Und da hatte ich ihr alles erzählt, was ich erlebt hatte. Die Sache mit Thierry hatte ich mir bis zum Schluss aufgehoben. Meine Freundin war begeistert, wollte ein Foto von ihm sehen, was ich natürlich nicht besaß.

»Klare Sache, du brauchst endlich einen eigenen Laptop und einen Facebook-Account«, hatte Doro entschieden gesagt. »Wie soll er dich sonst erreichen?«

Das war leichter gesagt als getan. Phil, mein großer Bruder, war fünfzehn und hatte erst letztes Jahr zu Weihnachten einen Laptop bekommen, weil er ihn für die Schule brauchte. Ich durfte hin und wieder an Mamas Rechner, hatte einen eigenen Zugang und auch eine E-Mail-Adresse, aber meine Eltern würden mir nie erlauben, mich bei Facebook anzumelden.

In der Nacht hatte ich wirres Zeug geträumt, von Nicolas und Won Da Pie und von Thierry. Ob er mir wirklich antworten würde, wenn ich ihm eine E-Mail schrieb?

Beim Frühstück beschloss ich, Thierry erst dann zu mailen, wenn Won Da Pie bei mir angekommen war. Ich war fast ein bisschen froh, als ich mich um halb neun auf den Weg zum Reitstall machen konnte, um auf andere Gedanken zu kommen. Früher war ich vor einer Reitstunde fast immer mit einem flauen Gefühl im Magen in den Stall gegangen, aber heute war es anders. Ich freute mich über die Sonne, die vom wolkenlos blauen Himmel strahlte, und über den würzigen Geruch, den der nahe Wald ausströmte. Auf Noirmoutier gab es keinen Wald, nur sonnenverbrannte Salzwiesen und das endlose Meer. Ob Won Da Pie schon einmal in seinem Leben einen Wald gesehen hatte? In drei Tagen würde er endlich da sein! Noch drei endlose, lange Tage!

Ich betrat den Stall und begegnete in der Stallgasse Inga.

»Hi, Lotte«, sagte sie von oben herab. »Ich hab gesehen, dass du jetzt die Stunde mitreitest.«

»Ja, das hatte ich vor«, entgegnete ich. »Du auch?«

»Klar. Mit einem eigenen Pferd kann ich ja jede Reitstunde mitreiten.«

»Toll.«

»Ja, allerdings. Das ist schon was anderes, als bloß einmal in der Woche auf einem Schulpferd herumzureiten.« Inga lachte geringschätzig, und ich konnte kaum glauben, dass ich sie einmal als eine gute Freundin betrachtet hatte. Es wäre mir im Traum nicht eingefallen, mich meinen Freunden gegenüber so überheblich zu benehmen.

»Kannst du denn überhaupt mit dem Gipsarm reiten?«, fragte ich.

»Klar«, behauptete Inga. »Corsario ist butterweich im Maul. Er ist nicht so vergurkt wie die Schulpferde.«

»Und neue Stiefel hast du auch«, stellte ich fest.

»Lederstiefel. Nagelneu«, bestätigte Inga. »Die haben fünfhundert Euro gekostet. Und die Reithose ist auch neu. Mit Vollederbesatz. Mit der klebt man geradezu am Sattel.«

Sie streckte ein Bein vor. An den Stiefeln blitzten scharfe Sporen. Ich trug meine alte schwarze Reithose mit dem geflickten Knie und die Gummireitstiefel, die mir ein bisschen zu klein waren.

»Echt klasse.« Ich tat beeindruckt. »Mit solchen Stiefeln und der Hose reitest du sicher zehn Klassen besser als früher.«

»Wie meinst du das?« Inga sah mich argwöhnisch an. Ihr Reitkönnen war nach wie vor ein wunder Punkt.

»Och, nur so«, sagte ich harmlos und ging weiter.

Herr Kessler saß am Schreibtisch in der Sattelkammer und war erstaunt, als ich ihn darum bat, Hanko reiten zu dürfen. Er wusste genau, dass ich mich vor dem großen Braunen immer gefürchtet hatte.

»Wie du willst«, sagte er und schrieb den Namen des Pferdes hinter meinen Namen auf den Block. Dann vergewisserte er sich mit einem Blick, dass niemand in der Nähe war.

»Dein Pferd kann übrigens die Außenbox von Gento haben, wenn du das möchtest. Sie ist noch frei.«

»Oh ja, das wäre cool«, freute ich mich. Insgeheim hatte ich darauf gehofft, denn dann konnte ich zu jeder Tageszeit zu meinem Pferd gehen, ob der Stall geöffnet war oder nicht.

»Und hier.« Kessler kramte in der Schreibtischschublade. »Das ist der Schlüssel für deinen Spind. Du kannst den von Herrn Lauterbach nehmen. Einen Sattel- und einen Trensenhalter mache ich dir dann noch frei.«

Plötzlich fiel mir mit Schrecken ein, dass ich weder einen Sattel noch eine Trense für mein Pferd besaß. Beides kostete ziemlich viel, und ich war mir nicht sicher, ob meine Eltern das Geld auch noch ausgeben würden. Ich sagte es dem Reitlehrer.

»Wir finden schon eine Lösung«, beruhigte er mich. »Zuerst kannst du ja mal einen der Schulsättel nehmen.«

Inzwischen waren die drei Damen, die auch an der Neun-Uhr-Stunde teilnehmen würden, eingetroffen. Hanko ließ sich anstandslos auftrensen und satteln. Ich konnte kaum verstehen, dass ich noch vor ein paar Wochen eine solch panische Angst vor diesem Pferd gehabt hatte! Inga führte Corsario vorbei, der in einer der Boxen am Ende der Stallgasse stand. Sie trug keine Reitkappe.

»Wir gehen auf den Platz!«, rief Herr Kessler aus der Sattelkammer. »Inga, setz bitte deine Kappe auf!«

»Aber …«, begann sie.

»Kein *aber*«, entgegnete der Reitlehrer und trat auf die Stallgasse. »Du bist noch minderjährig. Und da musst du in meinen Reitstunden aus versicherungstechnischen Gründen eine Reitkappe tragen. Was du tust, wenn du erwachsen bist, ist deine Sache.«

Derart vor allen Leuten gemaßregelt, verzog Inga mürrisch das Gesicht und drehte ihr Pferd auf der schmalen Stallgasse um. Der Schimmel geriet mit einem Hinterhuf in einen Putzkasten, der an der Wand stand. Es polterte, Corsario erschrak und machte einen Satz zur Seite. Er prallte mit seinem Hinterteil gegen Brutus, den eine der Damen gerade rückwärts aus dem Ständer geführt hatte. Beide Pferde legten die Ohren an und keilten aus. Ich hörte den dumpfen Schlag und Herrn Kessler schreien.

»Kannst du nicht aufpassen?«, tadelte der Reitlehrer Inga mit scharfer Stimme. »Wieso musst du dein Pferd ausgerechnet an der engsten Stelle der Stallgasse umdrehen?«

»Ich ... ich wollte ... die Reitkappe«, stotterte Inga, dunkelrot im Gesicht.

»Also so was!« Herr Kessler bückte sich kopfschüttelnd, um nach Brutus' Bein zu sehen.

»Ist etwas passiert?«, erkundigte sich die Reiterin besorgt.

»Sieht nicht so aus. Gott sei Dank«, erwiderte der Reitlehrer mit unterdrücktem Ärger.

Inga kehrte mit ihrer Kappe und dem Pferd am Zügel wieder zurück.

»Du wartest jetzt, bis die Schulpferde draußen sind!«, herrschte Herr Kessler sie an.

Wenig später standen wir auf dem Platz. Ich gurtete nach und stellte die Steigbügel in meiner Länge ein. In dem Moment tauchte Doro auf.

»Der Kessler hat dir Hanko gegeben.« Sie verzog das Gesicht. »Du Ärmste!«

»Nein, schon gut«, antwortete ich. »Ich wollte ihn reiten.«

Doro sah mich erstaunt an, dann blickte sie zu Inga hinüber, die sich mit krebsrotem Gesicht bemühte, den Fuß in den Steigbügel zu bekommen. Ihre neuen Lederstiefel hatten den Nachteil, dass sie überhaupt nicht geschmeidig waren. Noch dazu war Corsario ein großes Pferd.

»Wird's heute noch was, Fräulein Schneider?«, fragte Herr Kessler sie spöttisch.

Schon in den ersten paar Runden Schritt spürte ich, wie viel sicherer ich im Sattel saß. Die vielen Reitstunden bei Nicolas ohne Steigbügel auf den unterschiedlichsten Pferden und die Longenstunden auf dem blanken Pferderücken hatten mein Gleichgewichtsgefühl erheblich verbessert. Ich hatte die Steigbügel vier Löcher länger geschnallt als früher, war locker und entspannt und fragte mich, was ich an Hanko eigentlich so furchtbar gefunden hatte. Herr Kessler begutachtete noch einmal Brutus' Bein und begann dann mit dem Unterricht.

»Abteilung bilden!«, rief er. »Anfang Charlotte!«

»Anfang hier!«, erwiderte ich, wie es sich gehörte, und hob die Hand.

»Dahinter Inga, dann Brutus, Goldi und Liesbeth!«

Wir ritten im Schritt ganze Bahn. Dann trabten wir an. Leichttraben. Hanko ging fleißig vorwärts. Sein Maul war im Vergleich zu Won Da Pies wie Eisen, aber ich hatte auf Gosse d'Irlande gelernt, wie man auch ein abgestumpftes Pferd an den Zügel reiten kann.

»Inga!«, rief Herr Kessler. »Du trabst auf dem falschen Fuß leicht!«

Ich gab Hanko halbe Paraden am äußeren Zügel und merkte, dass ich die Schenkel gut am Pferd hatte, denn er reagierte sofort und begann am Gebiss zu kauen und nachzugeben. Durch die ganze Bahn wechseln. Anhalten, nachgurten. Danach aussitzen. Wie leicht das ging! Nicolas hatte mich zwanzig Minuten am Stück ohne Steigbügel aussitzen oder sogar leicht traben lassen. Dies hier war dagegen echt ein Kinderspiel! Hanko bog den Hals und trabte fleißig und taktvoll. Er war keine Spur mehr faul oder widerspenstig.

»Sehr gut so, Charlotte!«, rief Herr Kessler. »Aber etwas ruhiger im Tempo! Die anderen kommen sonst nicht mit!«

Ich warf einen Blick über die Schulter und sah Ingas zorniges Gesicht. Warum war sie bloß so böse? Ich saß doch schließlich nur auf einem Schulpferd. Und das mit alten Gummireitstiefeln.

»Abteilung Scheeeritt!«, kommandierte Herr Kessler. »Charlotte, du galoppierst an und gehst auf den Zirkel!«

Hanko galoppierte auf meine Hilfe aus dem Schritt an. Ich saß aufrecht im Sattel und ging geschmeidig in der Bewegung mit. Zweimal galoppierte ich auf dem Zirkel, dann kam der Befehl »Aus dem Zirkel wechseln mit einfachem Galoppwechsel bei X«.

Früher war ich beim Durchparieren in eine langsamere Gangart immer nach vorn gefallen, dabei hatte ich die Knie hochgezogen und an den Zügeln gezerrt. Irgendwann fielen die Schulpferde von selbst in Trab oder Schritt. Das war meist nicht das Verdienst der ungeschickten Reiter, sondern die langjährige Erfahrung der leidgeprüften Pferde. Diesmal blieb ich im Sattel sitzen, gab eine ganze Parade und ließ trotzdem die Schenkel am Bauch des Pferdes. Gehorsam fiel Hanko in Schritt. Nach drei Schritten gab ich eine Galopphilfe – und er sprang sofort wieder im richtigen Galopp an. Herr Kessler fand nichts zu beanstanden. Ich parierte wieder durch und schloss mich der Abteilung an.

»Ich habe dir wirklich unrecht getan«, sagte ich zu Hanko und klopfte seinen Hals. »Du bist kein stures altes Mistvieh. Entschuldige bitte.«

Der Wallach drehte die Ohren nach hinten und schnaubte, als habe er verstanden. Ich freute mich, denn ich hatte keine Angst mehr vor ihm. Ich hatte Hanko unter Kontrolle. Beinahe wünschte ich mir, er würde mal einen Bocksprung machen, aber er kaute zufrieden am Gebiss und war völlig entspannt.

Nun war Inga an der Reihe mit Galoppieren. Corsario war ein wirklich wunderschöner Schimmel mit einer raumgreifenden Galoppade. Inga hatte die größte Mühe, im Sattel zu bleiben. Ihre Hände wippten bei jedem Galoppsprung nach oben und ruckten Corsario im Maul. Dazu zog sie die Knie hoch und pikste dem Schimmel die Sporen in den Bauch. Er wurde immer schneller und schneller.

»Absatz tief! Lang das Bein!«, brüllte Herr Kessler. »Fuchtle doch nicht so mit den Händen herum und bleib im Sattel sitzen!« Corsario hatte das Gehopse, Gezerre und Gepikse leid; er war daran gewöhnt, feinfühlig und behutsam geritten zu werden. Mit angelegten Ohren nahm er noch mehr Tempo auf. In einer wahnwitzigen Geschwindigkeit jagte Inga ohne jede Kontrolle über ihr Pferd um den großen Platz, das Dressurviereck hatte sie längst verlassen. Corsario legte sich in die Kurven wie ein Rennpferd. Herr Kessler fluchte. Als Inga mit angstverzerrtem Gesicht wieder vorbeipreschte, schrie er sie an, sie solle eine Volte reiten.

»Ich kann nicht!«, kreischte sie.

»DU SOLLST EINE VOLTE REITEN!«, donnerte der Reitlehrer, der mindestens ebenso rot im Gesicht war wie Inga. »WAS FÄLLT DIR ÜBERHAUPT EIN, MIT SOLCHEN SPOREN ZU REITEN!?«

Es war ein Wunder, dass Inga im Sattel blieb. Irgendwann verlangsamte der Schimmel das Tempo und fiel in Trab. Corsario schnaufte wie ein Rennpferd nach dem Zieleinlauf; sein Fell war so nass, als sei er in einen Regenschauer geraten. Inga kämpfte mit den Tränen.

»Zieh auf der Stelle die Sporen aus!«, befahl Herr Kessler scharf. »Es gibt den alten Spruch, dass man sich die Sporen erst verdienen muss, und daran ist sehr viel Wahres!«

»Ich krieg sie nicht runter«, erwiderte Inga mit zittriger Stimme.

»Dann steig vom Pferd ab.« Der Reitlehrer wandte sich wieder uns zu und fuhr mit dem Unterricht fort.

Ich sah, wie Doro Inga die Sporen von den Stiefeln schnallte. Danach kehrte Inga mit Corsario wieder zur Abteilung zurück.

»Also, Charlotte«, sagte Herr Kessler, als wir die Pferde

schließlich am langen Zügel trocken ritten, »ich weiß nicht, was du in den letzten vier Wochen gemacht hast, aber du hast sehr viel gelernt. So gut habe ich Hanko schon lange nicht mehr gesehen.«

Ich grinste stolz und wurde sogar etwas rot.

»Ich gehe noch eine Runde ins Gelände«, verkündete Inga, als der Reitlehrer den Platz verlassen hatte. »Schade, dass du nicht mitkommen kannst.«

»Macht nichts.« Ich zuckte die Schultern. »Viel Spaß.«

Inga lenkte Corsario vom Platz über den Hof bis zum Tor, durch das man direkt in den Wald gelangte. Aber dort war Endstation, denn Corsario wollte nicht von den anderen Pferden weg. Er strebte unbeirrt Richtung Stalltür, obwohl Inga wie wild an den Zügeln zerrte. Ich saß im Hof ab, lockerte den Sattelgurt und zog die Steigbügel hoch. Aus dem Augenwinkel sah ich den Schimmel mitsamt Reiterin im Stall verschwinden und musste kichern. Doro lief besorgt hinterher.

»Also, das geht jetzt aber zu weit, Inga!«, drang die empörte Stimme von Herrn Kessler aus dem Stall. »Bist du zu faul, um abzusteigen?«

Ich spitzte die Ohren.

»Nein, ich ... ich wollte noch in den Wald reiten«, erwiderte Inga kleinlaut.

»Wenn du dein Pferd nicht beherrschst, solltest du besser nicht alleine ins Gelände gehen«, kam es vom Reitlehrer wie eine kalte Dusche.

Wenig später erschien Inga mit grimmiger Miene in der Stalltür und zog ihr Pferd hinter sich her. Corsario legte unwillig die Ohren an. Er mochte schon ein älterer Herr sein, aber er hatte einen eigenen Kopf. Inga führte ihn bis zum Tor und stellte den Fuß in den Bügel. Mit einem flinken Satz warf sich Corsario herum und schlug wieder die Richtung ein, aus der er gekommen war. Inga hatte gerade noch rechtzeitig ihren Fuß aus dem Bügel befreien können.

»Komm, ich halte ihn fest, bis du oben bist«, bot Doro ihr bereitwillig an und griff nach Corsarios Zügel. Mittlerweile standen außer mir noch die drei anderen Reiterinnen aus der Stunde auf dem Hof.

»Lass das!«, fauchte Inga ihre Mitbesitzerin an. »Ich schaff das schon alleine!«

Doro zuckte die Schultern und trat ein paar Schritte zurück. Mit hochrotem Gesicht und einem Fuß im Steigbügel hüpfte Inga neben Corsario her, der nicht daran dachte, still stehen zu bleiben. In dem Moment trat die schöne Nicole Schröder aus der Stalltür. Sie war eine der besten Reiterinnen in unserem Verein, sah wirklich gut aus und wusste das leider auch. Kopfschüttelnd betrachtete sie das Schauspiel.

Irgendwie gelangte Inga schließlich in den Sattel, und sie manövrierte den Schimmelwallach unter Einsatz der Gerte in den Wald.

»Puh!«, stöhnte Doro. »Das wird ja immer krasser.«

Ich ließ die drei Damen mit Brutus, Liesbeth und Goldi vorbei.

»Sie hat das nur wegen mir gemacht«, vermutete ich. »Es war schon schlimm genug, dass der Kessler mich gelobt hat und sie nicht.«

»Warum kann sie denn nicht einsehen, dass sie nicht so gut reitet wie andere?« Doro schüttelte den Kopf. »Ist doch nicht so tragisch. Kaum einer hier reitet so gut wie Nicole oder Isa.«

Für die ehrgeizige Inga war es tragisch, ja, eine echte Katastrophe. Sie war so fest davon ausgegangen, dass sie mit einem eigenen Pferd, neuen Reitstiefeln und der teuren Reithose gleich drei Klassen besser reiten würde als ich, aber sie hatte sich vorhin in der Reitstunde nur blamiert.

Ich hielt den Mund. Doro würde schon merken, auf was sie sich tatsächlich eingelassen hatte. Wahrscheinlich dämmerte es ihr bereits.

»Hätte ich mich bloß nicht von ihr überreden lassen«, sagte sie nämlich gerade und warf mir einen zerknirschten Blick zu. »Ich hätte es wissen müssen, oder?«

»Tja, du kennst Inga.« Ich klopfte Hanko den Hals. »Aber zwischen uns wird sich nichts ändern und bald können wir zusammen ins Gelände reiten!«

WAS ALLES PASSIEREN KANN

Am Montag begann wieder die Schule; ich kam in die neunte Klasse. Morgens am Busbahnhof traf ich gleich meine Freundinnen Gunild und Michi, die genauso pferdeverrückt waren wie ich, aber in anderen Vereinen ritten. Natürlich erzählte ich ihnen haarklein alles, was in den Sommerferien passiert war, und sie versprachen, Won Da Pie sofort zu besichtigen, sobald er angekommen war. Die vergangenen Tage im Reitstall waren eine echte Qual gewesen! Zu gerne hätte ich jedem von meinem Pferd erzählt, aber stattdessen musste ich den Mund halten, denn schließlich wollte ich sie alle überraschen.

Am Sonntag hatte ich Doro beim Training zugesehen. Bei ihr ging Corsario schon anders, denn Doro konnte ein ganzes Stück besser reiten als Inga. Auch Oliver und Karsten hatte ich im Reitstall getroffen, es war also fast wie früher. Es machte mir auch gar nichts mehr aus, dass Gento nicht mehr da war, denn ich wusste, dass es ihm bei seinem neuen Besitzer gut ging. Der junge Mann, dem Gento jetzt gehörte, hatte eine eigene kleine Reitanlage, und auf seiner Visitenkarte hatte auch die Adresse seiner Website gestanden. Gestern Abend hatte mein Bruder Phil mir großzügig seinen Computer für eine Viertelstunde überlassen und ich hatte mir ausführlich die Website vom Wiesenmühlenhof angesehen. Ich hatte sogar Bilder von Gento gefunden! Der junge Mann hatte nicht gelogen, als er mir erzählt hatte, dass Gento bei ihm auf die Koppel gehen durfte. Jetzt, wo ich wusste, dass es ihm gut ging, konnte ich mich mit bestem Gewissen auf mein eigenes Pferd freuen.

Herr Kessler hatte mir einen ganzen Stapel Kopien aus Büchern und Pferdezeitschriften über die Hengste gegeben, von denen Won Da Pie abstammte, und ich hatte mir die Berichte über seine illustren Vorfahren so oft durchgelesen, dass ich sämtliche Namen der großartigen Olympiasieger und Weltmeister mittlerweile auswendig kannte.

Jetzt, wo der Zeitpunkt von Won Da Pies Ankunft näherrückte, war ich nur noch ein Nervenbündel. Was würde ich bloß machen, wenn er sich wieder nicht anfassen ließe? Würde ich überhaupt ohne Nicolas' Hilfe mit dem Pferd zurechtkommen? In meiner Fantasie war Won Da Pie gewachsen. Wild und bedrohlich suchte er mich in meinen Träumen heim, und auf einmal hatte ich Angst. So viel konnte passieren! Es war eine gewaltige Verantwortung, die nun in Zukunft auf meinen Schultern lasten würde. Der schöne Traum vom eigenen Pferd würde nun sehr bald Wirklichkeit werden, aber das brachte Probleme mit sich, an die ich in meinen Träumen nie gedacht hatte. Won Da Pie konnte sich verletzen, krank werden, ich konnte ihn verderben. Herr Kesslers Begeisterung für die gute Abstammung meines Pferdes hatte mir noch mehr Angst eingejagt. Wer war ich schon, dass ich mir einbildete, Won Da Pie ganz allein zu einem guten Reitpferd ausbilden zu können? Ich war erst dreizehn Jahre alt und konnte kaum besser reiten als Inga!

Mitten in der Nacht schreckte ich schweißgebadet hoch. Der Wecker zeigte halb zwei. Mein Pferd stand jetzt schon auf dem Lkw. Ob es ihm gut ging? Vielleicht fiel Won Da Pie hin oder er bekam Panik und drehte durch, wie das Pferd in einem Film, den ich neulich gesehen hatte. Der Tierarzt hatte das tobende Pferd erschießen müssen! Allerdings, fiel mir ein, war das im Film in einem Flugzeug passiert, nicht in einem Lkw. Aber Lastwagen konnten verunglücken.

Ich rechnete sicher zum hundertsten Mal nach, wie lange es noch dauerte, bis Won Da Pie einträfe. Irgendwie wäre mir wohler gewesen, wenn er Dorothee und mir zusammen gehören würde. Gut, dann wäre er nicht nur mein Pferd, aber ich hätte auch nicht alleine diese ungeheure Verantwortung zu tragen! Ich schloss die Augen und versuchte wieder zu schlafen, aber das war beinahe unmöglich.

»Lotte!«, gellte eine Stimme durch die Stallgasse. »Schnell! Schnell, beeil dich!«

Mit klopfendem Herzen rannte ich in den Stall und erstarrte vor Schreck, als ich sah, was passiert war: Won Da Pie war irgendwie mit einem seiner Vorderbeine zwischen die Gitterstäbe der Box geraten und tobte wie verrückt, um sich zu befreien. Seine Hufe donnerten gegen Holz und Metall.

Was sollte ich bloß tun? Ich blickte mich panisch um; ausgerechnet jetzt war weit und breit keine Menschenseele zu sehen, ich war völlig allein im Stall! Mir stiegen die

Tränen in die Augen. Endlich gelang es Won Da Pie, sein Vorderbein aus dem Gitter zu ziehen, sein braunes Fell war mit weißem Schaum bedeckt.

»Ganz ruhig, Junge, ganz ruhig.« Ich schob die Boxentür auf und nahm ihn mit zitternden Händen am Halfter. Meine Knie waren butterweich, als ich ihn die Stallgasse entlangführte, die seltsamerweise so schmal und düster war wie der Gang zu den Umkleideräumen. Der braune Wallach tänzelte aufgeregt neben mir her, stieß umherstehende Wassereimer und Putzkisten um. Eines der Schulpferde schob seinen Kopf über die halbhohe Boxenwand und knappte meinem Pferd in die Seite. Daraufhin machte Won Da Pie einen erschrockenen Satz nach vorn, rutschte mit den Hufeisen weg und wäre noch fast hingefallen! Ich war nass geschwitzt, als ich ihn endlich draußen auf dem Hof hatte. Am Geländer des Reitplatzes lehnten Simon, Dani, Annika, Susanne, Nicole, Ralf, Inga und alle anderen. Sie redeten laut über mich und lachten. Ich band Won Da Pie am Abspritzplatz an. In dem Moment kam Herr Stark aus der Reithalle, er wedelte mit einer Longierpeitsche herum. Won Da Pie erschrak wieder und stemmte sich mit aller Kraft gegen das Halfter.

»Weißt du denn nicht, wie man ein Pferd richtig anbindet?«, brüllte Herr Stark. »So eine wie du darf doch kein eigenes Pferd haben!«

Plötzlich riss der Strick und Won Da Pie ergriff die Flucht. Bevor ich den schleifenden Führstrick packen konnte, drehte er sich um und donnerte die Auffahrt hinunter.

»Zu blöd, ein Pferd anzubinden!«, rief irgendjemand.

»Helft mir doch!«, schrie ich verzweifelt, aber niemand rührte sich. Sie grinsten nur und zuckten die Schultern.

»Wer ein eigenes Pferd haben will, muss es auch alleine einfangen können«, sagte Nicole hämisch. Sie und Inga stießen sich an und lachten gemein, während ich voller Panik hinter meinem Pferd herrannte. Siedend heiß fiel mir ein, dass wir keine Haftpflichtversicherung für Won Da Pie abgeschlossen hatten. Wenn irgendetwas passierte, würde Papa alle entstandenen Schäden bezahlen müssen! Ich war wie gelähmt, als ich mich daran erinnerte, wie Papa uns einmal den Sinn einer Haftpflichtversicherung erklärt hatte. Er hatte von umgekippten Tanklastzügen und verseuchtem Erdreich gesprochen, und ich glaubte schon den geborstenen Rumpf eines Tanklasters vor mir zu sehen und darunter mein Pferd, mein schönes, stolzes Pferd!

»Won Da Pie!«, schrie ich verzweifelt.

Da rüttelte mich jemand an der Schulter.

»Charlotte!«

Ich schreckte hoch. Meine Mutter stand im Nachthemd vor meinem Bett, verschlafen und erschrocken sah sie mich an.

»Was hast du denn?«, fragte sie mich entgeistert.

»Mama!« Ich fiel meiner Mutter um den Hals, so erleichtert war ich, dass das alles nur ein böser Traum gewesen war. Auf einmal musste ich lachen, obwohl ich innerlich noch zitterte. Ich erzählte Mama von meinem fürchterlichen Albtraum.

»Aber warum machst du dir denn solche Sorgen?«, fragte sie erstaunt. »Du kennst Won Da Pie doch.«

»Ich weiß auch nicht.« Auf einmal fühlte ich mich wie ein jämmerlicher Feigling. »Ich hab ein bisschen Angst davor, ein eigenes Pferd zu besitzen.«

»Du bist doch mit dem Pferd nicht alleine«, tröstete Mama mich. »Herr Kessler wird dir helfen und die anderen Leute im Reitstall, die mehr Erfahrung haben als du.«

»Stimmt eigentlich.« Ich nickte langsam. Herr Kessler war ja auch noch da. Und Isa. Und einige andere, die im Gegensatz zu Inga nicht missgünstig sein würden. In meiner Fantasie war ich alleine und musste in stolzer Einsamkeit mit allen Problemen selbst fertig werden, aber in Wirklichkeit hatte ich Freunde, die mich nicht im Stich lassen würden.

»Es ist erst Viertel vor drei«, stellte Mama mit einem Blick auf meinen Wecker fest. »Willst du nicht noch etwas schlafen?«

»Doch. Meinst du, ich kann morgen zu Hause bleiben? Falls Won Da Pie schon vormittags ankommt …«

»Wenn der Fahrer anruft, hole ich dich von der Schule ab«, versprach meine Mutter und löschte das Licht. Bevor sie die Tür schloss, fiel mir noch etwas ein.

»Habt ihr für Won Da Pie schon eine Haftpflichtversicherung abgeschlossen?«, wollte ich wissen. Zu lebendig sah ich noch den umgekippten Tanklastzug im Vorgarten unserer Nachbarn liegen und das Dieselbenzin die Rinnsteine entlanglaufen.

»Wie kommst du denn darauf?« Mama sah mich erstaunt an, aber dann beruhigte sie mich. Papa hatte das natürlich bereits geregelt, gewissenhaft, wie er war.

Erleichtert zog ich die Decke über mich und schloss die Augen. Wenig später schlief ich tief und fest. Kein Albtraum störte mich mehr, und als morgens um Viertel nach sechs der Wecker klingelte, war ich zwar immer noch schrecklich aufgeregt, aber ich hatte keine Angst mehr. Heute würde es also endlich in Bad Soden ankommen, mein Pferd aus Frankreich!

WENN DA PIE KOMMT AN

Schon am zweiten Schultag hatten wir gleich wieder schonungslos den vollen Unterricht. Frau Schulte, unsere Englischlehrerin, traktierte uns mit Plusquamperfekt und Perfekt. Als sie mich unverhofft drannahm, starrte ich sie nur stumm und planlos an.

»Die Ferien sind vorbei, Charlotte«, erinnerte sie mich, und meine Klassenkameradinnen kicherten.

»Entschuldigung«, stotterte ich, »aber … aber heute kommt mein Pferd aus Frankreich.«

»Wie bitte?« Nun war Frau Schulte an der Reihe, mich anzustarren. Ich erklärte ihr kurz, um was es ging.

»Ach so.« Sie lächelte. »Das ist natürlich etwas Besonderes. Aber ab morgen erwarte ich wieder deine volle Konzentration.«

Ich fragte mich zwar, wie mir das gelingen sollte, nickte aber. Für den Rest der Stunde verschonte sie mich rücksichtsvoll. Komisch, im Reitstall schien die Zeit immer viel schneller zu vergehen als in der Schule! Ruck, zuck war es Abend; noch bevor man es bemerkte, waren vier, fünf Stunden vergangen, und hier in der Schule schien es eine Ewigkeit zu dauern. Endlich war es zehn vor eins – Schulschluss! Für meinen Spurt von der Schule zum Busbahnhof hätte ich bei den Bundesjugendspielen sicherlich eine Ehrenurkunde bekommen. Ich erwischte den ersten Bus nach Bad Soden, der noch vor den eigentlichen Schulbussen fuhr.

Um Viertel nach eins war ich zu Hause.

»Hast du etwa die letzte Stunde geschwänzt?«, fragte Mama misstrauisch. Sie stand in der Küche und machte Mittagessen. Ich überhörte ihre Frage.

»Hat er schon angerufen?«, rief ich aufgeregt.

»Bis jetzt noch nicht.« Mama warf einen Blick auf die Küchenuhr. »Wie kommt es, dass du jetzt schon hier bist?«

»Ich hab mich beeilt.«

»So, so.« Sie musterte mich scharf. »Manchmal kommst du nach der sechsten Stunde erst um Viertel vor zwei nach Hause.«

»Wenn die Busse voll sind oder ich noch zufällig am Reitstall vorbeigehe, dann kann es schon mal vorkommen.« Ich grinste. In dem Moment klingelte das Festnetztelefon. Wie elektrisiert zuckte ich in den Flur und ging dran. Aber es war nicht der Fahrer der Pferdespedition, sondern nur Papas Assistentin, die mitteilte, dass er heute nicht zum Mittagessen kommen würde. Als meine Geschwister endlich eingetrudelt waren, gab es Essen. Natürlich konnten sie es nicht lassen, mich zu ärgern.

»Die Lisa hat heute erzählt, sie hätte einen Film gesehen, in dem sie ein Pferd erschießen mussten, weil es so herumgetobt hat«, sagte Cathrin. »Stell dir mal vor, wenn sie Won Da Pie erschießen müssten …«

»Ich hab den Film auch gesehen«, unterbrach ich meine Schwester. »Der hat in einem Flugzeug gespielt. Ist was total anderes.«

»Aber wenn sie ihn doch erschießen müssten«, beharrte Cathrin. »Dann wäre das ganze schöne Geld futsch!«

»Er wird nicht erschossen!«, betonte ich nachdrücklich.

»Ich glaube, da fährt gerade ein Pferdetransporter die Kronberger Straße hoch«, sagte Phil und blickte an mir vorbei aus dem Fenster. Wie von der Tarantel gestochen sprang ich auf und starrte hinaus.

»War wohl doch nur ein Möbelwagen.« Mein großer Bruder grinste breit.

»Du blöder Idiot!«, fuhr ich ihn an. Meine Nerven waren zum Zerreißen gespannt. Nach meinen Berechnungen hätte Won Da Pie längst hier sein müssen.

Florian und Cathrin diskutierten eifrig sämtliche Möglichkeiten von Verletzungen, die ein Pferd sich auf einem so langen Transport zuziehen konnte, als das Telefon erneut klingelte. Ich sprang so hastig auf, dass der Stuhl krachend zu Boden fiel und unsere schwarze Mischlingshündin Alissa fluchtartig ihren Platz unter der Gardine verließ. Mama hatte schon das Telefon abgenommen, ich hörte sie französisch sprechen. In Windeseile schlüpfte ich in meine Turnschuhe.

»Er ist erst an einem Rastplatz vor dem Frankfurter Kreuz«, beruhigte Mama mich. »Zwanzig Minuten hast du noch Zeit.«

»Ich krieg jetzt sowieso keinen Bissen mehr runter«, begehrte ich auf. »Ich muss in den Reitstall, sonst drehe ich durch!«

»Oh«, erkundigte sich Phil mit einem Anflug von Spott in der Stimme, »und wie äußert sich das im Vergleich zu deinem sonstigen hysterischen Verhalten?«

Ich warf meinem Bruder einen vernichtenden Blick zu, klaubte alle Äpfel aus dem Obstkorb, der auf der Anrichte stand, und rannte unsere Einfahrt im gestreckten Galopp hinunter.

Bei Frieses machte ich kurz halt und klopfte ans Küchenfenster.

»Er kommt!«, schrie ich, und Doro sprang blitzschnell vom Mittagstisch auf. Messer und Gabel klirrten auf ihren Teller. Ihre Mutter und ihre Geschwister tauschten ein nachsichtiges Lächeln aus, etwa so, wie ein Irrenarzt einen geisteskranken Patienten mustert. Fünfzig Sekunden später waren wir im Reitstall. Wir liefen um das Gebäude herum und klingelten bei Herrn Kessler an der Wohnungstür Sturm.

»Mein Pferd kommt!«, rief ich aufgeregt, als seine Frau die Tür öffnete.

»Guten Tag erst mal«, sagte sie belustigt. »Ich gebe meinem Mann Bescheid. Es ist sowieso bald Zeit, den Stall aufzuschließen.«

»Danke!«, erwiderte ich und rannte zurück auf die Straße.

Es dauerte eine Ewigkeit, bis endlich der Lkw mit französischem Kennzeichen im Schneckentempo die Kronberger Straße hochgekrochen kam. Das Auto war größer, als ich es mir vorgestellt hatte, und die Auffahrt zum Stall viel zu schmal! Was nun?

Doro und ich wiesen dem Fahrer wild winkend und gestikulierend den Weg. Er bog in die Straße am Reitplatz ein. Mit einem Zischen entwich die Luft aus den Druckluftbremsen, als das silberne Ungetüm stoppte. Da drin war er, mein Won Da Pie! Ob er mich wiedererkennen würde? Vielleicht war er nach der langen Fahrt völlig verstört. Zumindest schien man ihn nicht erschossen zu haben, denn sonst würde der Fahrer, ein junger Mann mit schwarzen Locken, Spiegelsonnenbrille und Cowboystiefeln, wohl kaum so lässig Kaugummi kauen.

»Bin isch 'ier rischtisch?«, fragte er auf Deutsch.

»Ja, aber wir müssen das Pferd hier ausladen«, antwortete ich. »Die Auffahrt kommen Sie wohl nicht hoch, oder?«

Der Fahrer betrachtete die Bäume mit den herabhängenden Ästen und schüttelte den Kopf. In aller Seelenruhe kletterte er wieder in die Fahrerkabine des Lkw und tauchte dann mit einem dicken Packen Papieren in den Händen wieder auf. In dem Moment kamen Cathrin und Flori um die Ecke.

»Ist unser Pferd da drin?«, rief mein kleiner Bruder.

»Ja.« Ich verzieh ihm die Verallgemeinerung. »Aber geh besser nicht so nah ran.«

Aus dem Lkw hörte man das Scharren von Pferdehufen und ein schrilles Wiehern. Ich fühlte mich sehr erwachsen, als ich nun den Erhalt des Pferdes mit meiner Unterschrift quittierte und Frachtpapiere und Abstammungsurkunde von Won Da Pie ausgehändigt bekam. Herr Kessler kam die Auffahrt entlang. Mittlerweile hatten sich ein paar Schaulustige aus den benachbarten Häusern auf der Straße eingefunden. Einen so großen Pferdetransporter sahen sie hier nicht alle Tage.

Der Fahrer war die Ruhe in Person. Mit ein paar Handgriffen öffnete er die seitliche Laderampe. Ein braunes Pferd stand gleich ganz vorn. Mein Herz machte einen Satz, als ich den kleinen rosa Fleck zwischen den Nüstern erblickte. Ja, das war er! Das war mein Won Da Pie! Er warf den Kopf hoch und wieherte laut.

Der junge Mann öffnete die Trennwand und band den braunen Wallach los. Ich hatte angenommen, Won Da Pie sei erschöpft von der langen Reise, aber er stürmte mit einem Riesengepolter die steile Rampe hinunter. Seine Hufeisen ließen auf dem Asphalt der Straße Funken stieben.

»Hoho!« Der Franzose hatte sicherlich nicht das erste Mal mit Pferden zu tun, aber er brauchte ein paar Meter, bis er das Pferd zum Stehen brachte.

»Auf dem bist du schon geritten?«, fragte Doro zweifelnd. Ich schluckte nervös und nickte.

»Voilà.« Der junge Mann drückte mir den Führstrick in die Hand und bückte sich, um die Transportgamaschen, die der Spedition gehörten, von Won Da Pies Beinen zu entfernen. Mein Pferd blickte sich nervös um und wieherte wieder. Alles war fremd für ihn und nirgendwo war ein anderes Pferd zu sehen.

»Ruhig, mein Junge.« Ich streichelte seinen Hals und spürte die angespannten Muskeln unter seinem Fell. »Du kennst mich doch noch, oder?«

Ich reichte ihm einen Apfel, den er mir gierig aus der Hand schnappte und krachend zerkaute. Dann versetzte er mir einen heftigen Stoß mit der Nase, der freundlich gemeint war.

»Au revoir.« Der Fahrer grinste. »Et bonne chance!«

»Danke«, entgegnete ich. »Auf Wiedersehen.«

Won Da Pie stupste mich in den Rücken, so wie er es auf Noirmoutier immer gemacht hatte. Noch einen Apfel, bitte!

»Jetzt hast du mich erkannt, hm?« Ich gab ihm, was er verlangte, und führte ihn dann in Richtung Stall.

Herr Kessler und Doro gingen neben mir her, meine Geschwister folgten in respektvollem Abstand. Der braune Wallach tänzelte aufgeregt; er bog seinen Hals wie ein Hengst und stellte seinen Schweif hoch. Auf dem Hof hielt ich ihn an.

»Die Fahrt scheint ihm ja nicht viel ausgemacht zu haben«, stellte Herr Kessler fest. »Er hat wirklich genug Temperament.«

»Aber er ist nicht bösartig«, versicherte ich und streichelte die Nase des Pferdes. »Wie finden Sie ihn?«

Der Reitlehrer trat einen Schritt zurück und betrachtete mein Pferd kritisch.

»Er hat ein sehr gutes Exterieur«, sagte er schließlich. »Lange klare Beine, einen schön geschwungenen Rücken und eine gut bemuskelte Kruppe. Da steckt eine Menge Kraft drin. Der Hals ist gut angesetzt, die Schulter ist schräg genug für den notwendigen Raumgriff. Er hat ein intelligentes Gesicht, ein kluges, waches Auge. Für ein Dressurpferd würde er zu viel Knieaktion haben, aber er ist ja auch ein Springpferd. Es gefällt mir, dein Pferd.«

Ich strahlte, stolz über so viel Lob für mein Pferd, und

streichelte Won Da Pie, der sich merklich entspannte, als er endlich bemerkte, dass er doch nicht das einzige Pferd auf der Welt war.

»Soll ich ihn heute schon reiten?«, fragte ich Herrn Kessler.

»Nein.« Der Reitlehrer schüttelte den Kopf. »Du kannst ihn etwas an der Longe laufen lassen, damit er sich nach dem langen Stehen auf dem Lkw ein wenig bewegen kann. Aber sonst sollte er erst einmal Ruhe haben.«

Wir führten ihn in Gentos ehemalige Box, die frisch eingestreut war. In einer Ecke lag ein Haufen Heu. Neugierig erkundete Won Da Pie die Umgebung, nahm einen Schluck Wasser aus der Selbsttränke und machte ausgiebig Pipi. Dann beschnupperte er seine Nachbarin, die New-Forest-Ponystute Nathalie, die aufgeregt quiekte. Herr Kessler reichte mir den Schlüssel für den Futterwagen.

»Gib ihm eine Schaufel Hafer und eine Schaufel Pellets und lass ihn erst mal in Ruhe fressen.«

Ich tat, wie mir geheißen. Danach standen Doro, Cathrin, Flori und ich in andächtigem Schweigen vor dem neuen Zuhause meines Pferdes und sahen ihm zu, wie er fraß.

»Ob er die anderen Pferde hier versteht?«, überlegte Flori.

»Wieso denn nicht?« Ich sah ihn überrascht an.

»Na, das sind schließlich deutsche Pferde«, erwiderte mein Bruder ernsthaft. »Und er kommt aus Frankreich.«

»Er wird schon Deutsch lernen«, beruhigte ich ihn und

wandte mich dann meiner Freundin zu. »Und? Wie findest du ihn?«

»Also, wenn ich ihn so mit Corsario vergleiche, dann merkt man schon, dass er viel jünger ist. Er hat richtig … Power.« Doro schien echt beeindruckt. »Ich finde ihn große Klasse, Lotte. Ehrlich.«

Won Da Pie kaute zufrieden Hafer und Pellets, dann trank er etwas Wasser.

»Ich glaube, er fühlt sich wohl.« Ich spürte ein warmes Glücksgefühl in mir aufsteigen. »Mann, ich kann's noch gar nicht fassen!«

Erste Schwierigkeiten

»Schau mal, wer da kommt!« Doro stieß mich an. »Die werden es auch nicht glauben.«

Simon, Dani, Annika und Susanne traten aus dem Stall und schlenderten über den Hof, direkt zu Won Da Pies Box.

Wir nannten die vier nur »das Kleeblatt«. Sie gehörten zu den älteren Jugendlichen im Reitstall. Ein paarmal hatten sie schon die besseren Schulpferde auf kleineren Turnieren in der Umgebung reiten dürfen und nun kamen sie sich vor wie die Größten. Jeder von ihnen hatte sich eines der Schulpferde als Lieblingspferd und Quasieigentum auserkoren.

Mein Pech war es damals gewesen, dass ich ausgerechnet Liesbeth am liebsten gemocht hatte, denn die war Simons Pferd. Er wachte mit Argusaugen über die Kohlfuchsstute und duldete es nicht, dass jemand anders außer ihm sie pflegte. Gegen Simon mit seinem unverwüstlichen Selbstvertrauen kam man als zwölfjähriges Mädchen nicht an, deshalb war ich froh gewesen, als ich Gento als Pflegepferd bekommen hatte.

»Ah, da ist ja das neue Pferd«, sagte Annika. Natürlich hatte es längst die Runde gemacht, dass die Außenbox, die seit Gentos Verkauf leer gestanden hatte, wieder vermietet war. Die vier beachteten uns nicht und drängten sich an die Box von Won Da Pie. Doro und ich gehörten zu den Jüngeren. Simons Bruder Karsten, sein Freund Oliver, Inga, Bille, Beate und Ralf waren ebenfalls in unserem Alter. Natürlich gab es noch eine Menge andere Jugendliche, doch wir waren der »harte Kern« und verbrachten fast den ganzen Tag im Reitstall, während die anderen meistens nur zu ihren Reitstunden kamen.

»Ich werde gleich mal den Kessler fragen, wem das Pferd gehört.« Simon betrachtete den braunen Wallach interessiert. »Sieht ja nicht schlecht aus. Vielleicht sucht der Besitzer eine Reitbeteiligung.«

Doro warf mir einen Blick zu, aber ich schüttelte nur leicht den Kopf. Sollten sie ruhig etwas spekulieren!

Der Reitlehrer kam gerade aus dem Stall. Er war auf dem Weg in die Halle, um mit dem Nachmittagsunterricht zu beginnen.

»Ach, Herr Kessler.« Simon marschierte direkt auf ihn zu. »Da ist doch heute ein neues Pferd gekommen, stimmt's?«, hörten wir ihn sagen.

»Ja, das ist richtig«, bestätigte Herr Kessler. »Wieso?«

»Na ja.« Simon zögerte nicht lange, sein Selbstbewusstsein war wirklich nicht von schlechten Eltern. »Ich dachte mir, ich frage den Besitzer mal wegen einer Reitbeteiligung. Immer nur Schulpferde reiten ist irgendwann keine Herausforderung mehr.«

»Dann kannst du ja gleich fragen.« Der Reitlehrer wies mit einem Kopfnicken auf mich. »Da steht die Besitzerin doch.«

»Wer denn?«

»Charlotte. Ihr gehört das neue Pferd.«

Damit ging er weiter. Simon drehte sich wie in Zeitlupe zu mir um.

Auch die drei Mädchen starrten mich an. Es wäre gelogen, hätte ich behauptet, ich würde diesen Augenblick nicht genießen. Mühsam unterdrückte ich ein Grinsen, Doro gelang das nicht. Sie weidete sich an den fassungslosen Gesichtern des Kleeblatts. Ich merkte, wie sich mein Status in der Stallhierarchie innerhalb weniger Sekunden entscheidend veränderte. Die vier, die mich früher kaum beachtet und geflissentlich übersehen hatten, wenn sie mir woanders als im Reitstall begegnet waren, waren plötzlich zuckersüß.

»Ich wusste gar nicht, dass deine Eltern dir ein Pferd kaufen wollten.« Die sommersprossige Annika sah mich das erste Mal, seitdem ich sie kannte, direkt an.

»Wollten sie eigentlich auch nicht«, entgegnete ich. »Es hat sich in Frankreich zufällig so ergeben.«

»Das Pferd kommt aus Frankreich?«, fragte Dani.

»Ja.« Ich nickte. »Es ist gerade mit der Spedition eingetroffen.«

»Ach.« Simon stand der Neid ganz deutlich ins Gesicht geschrieben. »Du siehst in Frankreich ein Pferd, und – schwupps – kauft dein Papi es für dich, was?«

»Charlotte hat der Reitlehrerin in Frankreich das Leben gerettet und ist beim Gewitter durch die Sümpfe geritten!«, mischte sich mein kleiner Bruder ein.

Simon beachtete ihn nicht.

»Wie heißt dein Pferd denn?«, wollte Susanne wissen. »Und wie alt ist es?«

»Sechs«, antwortete ich. »Und sein Name ist Won Da Pie.«

»Was soll denn das wohl heißen?« Simon zog spöttisch die Augenbrauen hoch.

»Das ist Bretonisch«, erwiderte ich todernst. »Es bedeutet: Das Pferd, das keine Männer mag.«

Das Kleeblatt wechselte irritierte Blicke. Sie wussten nicht genau, ob ich das ernst meinte oder sie auf den Arm nehmen wollte. Als Doro und meine Geschwister losprusteten, guckten sie beleidigt. Da kam Bille die Auffahrt hochgeradelt. Ich hatte ihr heute Morgen in der Schule von Won Da Pie erzählt. Ihrem Vater gehörte Arthos, ein großer Fuchswallach mit einer breiten Blesse, der in der vorletzten Box im Stall stand.

»Wenn man nicht gut genug reitet, um eine Reitbeteiligung zu kriegen, dann muss man sich von Papi eben ein Pferd kaufen lassen«, stichelte Simon gekränkt.

»Na, dann sieh mal zu, dass dir deiner bald eins kauft«, erwiderte Bille trocken.

Doro lachte. Für Simon, Dani, Annika und Susanne war es eine bittere Niederlage. Sie hielten sich für so großartige Reiter, und dennoch waren es nun die »Kleinen«, die sie mit eigenen Pferden meilenweit überholten. Simon schien einzusehen, dass dies nicht der richtige Zeitpunkt war, um mich wegen einer Beteiligung zu fragen. Die vier trollten sich Richtung Reithalle.

Um halb vier traf Inga ein, die heute an der Reihe war, Corsario zu reiten. Meine Geschwister waren wieder nach Hause gegangen. Doro, Bille und ich saßen draußen am Rand des Reitplatzes. Ich erzählte von meinem abenteuerlichen Ritt durch die Salzsümpfe. Bis Inga bei uns war, hatte sie die große Neuigkeit schon erfahren.

»Oh Lotte!«, rief sie zu meinem Erstaunen und strahlte. »Du hast jetzt auch ein eigenes Pferd! Das ist ja super! Herzlichen Glückwunsch!«

Sie umarmte mich herzlich.

»Wirklich, ich freu mich für dich«, sagte sie. »Jetzt können wir immer zusammen reiten!«

»Danke.« Plötzlich schämte ich mich. Vielleicht hatte ich mich in Inga getäuscht. Ich war sofort bereit, ihr alles zu verzeihen, so glücklich, wie ich war. Natürlich wollte Inga sofort Won Da Pie sehen und wissen, wie es dazu gekommen war, dass meine Eltern ihn gekauft hatten. Wir gingen zu seiner Box, und ich war froh und erleichtert, dass wieder alles in Ordnung zu sein schien. Streitereien und Intrigen konnte ich nur schlecht ertragen.

Eine Stunde später war die Reithalle leer. Die Reiter zogen es vor, bei dem schönen Wetter auf dem Platz zu reiten. Ich beschloss, Won Da Pie zu longieren. Bille lieh mir ihre Trense, Gamaschen, Longe und Peitsche. Won Da Pie ließ sich brav auftrensen und duldete auch die Gamaschen an seinen Beinen, ohne zu mucksen. Allerdings hob er beim Laufen die Hinterbeine ganz hoch, als ich ihn über den Hof in die Halle führte.

»Wie ein Storch im Salat«, bemerkte Doro. Sie und Bille setzten sich auf die Tribüne, während ich den braunen Wallach zuerst durch die Halle führte, um ihn mit allem vertraut zu machen. Offensichtlich war eine Reithalle für ihn nichts Neues, denn er wirkte ganz gelassen. Ich hatte erst ein einziges Mal in meinem Leben ein Pferd longiert, und das auch nur unter den Augen der Voltigierlehrerin Gaby, aber schließlich hatte ich oft genug zugesehen. So schwer konnte es wohl nicht sein.

Won Da Pie stand vor mir und sah mich erwartungsvoll an. Ich war ratlos. Wie sollte ich ihn dazu bringen, in einem Kreis um mich herumzulaufen?

»Los, geh zurück!« Ich wedelte mit der Hand und er machte einen Schritt rückwärts. Wie hatte es Nicolas gemacht? Komisch, daran konnte ich mich nicht erinnern. Die meisten Pferde, die ich kannte, gingen von selbst brav auf den Zirkel.

»Du musst ihm mit der Peitsche einen Wink geben«, riet mir Doro.

Ich bückte mich, um die Longierpeitsche aufzuheben. Im gleichen Moment drehte sich Won Da Pie um und stürmte los. Die Longe schnurrte mir durch die Hand und verbrannte mir die Handflächen. Mein Pferd vergeudete keine Zeit mit Schritt oder Trab, es donnerte in einem rasenden Galopp los. Die Streichkappen an seinen Hinterbeinen schienen ihn immer noch zu stören, denn er bockte und schlug ein Dutzend Mal hintereinander aus, bis sich eine Streichkappe löste und wie ein Geschoss durch die Halle zischte.

Verbissen klammerte ich mich mit beiden Händen an

der Longe fest, aber Won Da Pie zog mich einfach hinter sich her.

»Hoho!«, schrie ich. »Brrrrr! Won Da Pie, Teeeeerab!!!«

Ich versuchte, meiner Stimme einen beruhigenden Klang zu geben, aber das war gar nicht so leicht angesichts seiner wilden Rodeovorführung. Das hatte Herr Kessler sicherlich nicht mit »ruhiger Bewegung« gemeint!

Won Da Pie nahm den Kopf zwischen die Vorderbeine, krümmte den Rücken und bockte wild ausschlagend durch die Bahn. Manchmal befand er sich mit allen vier Hufen gleichzeitig einen Meter über dem Boden. So hatte ich ihn noch nie erlebt!

»Mein lieber Mann!«, hörte ich Doro rufen. »Da möchte ich jetzt nicht draufsitzen!«

»Wie soll ich ihn bloß anhalten?«, schrie ich verzweifelt. Won Da Pie rannte und rannte, ab und zu rutschte er aus, was ihn wieder zu einer Serie zorniger Bocksprünge veranlasste. Plötzlich blieb er stehen, machte kehrt und raste in die entgegengesetzte Richtung. Bei einem Bocksprung geriet er mit einem Vorderbein in die Longe und strauchelte. Mit einem Ruck wurde mir die Longe aus der Hand gerissen; ich stolperte nach vorn und schlug der Länge nach hin, mit dem Gesicht in die Sägespäne. Ich hätte heulen können und war gleichzeitig froh, dass außer Doro und Bille niemand Zeuge meiner Unfähigkeit war. Won Da Pie galoppierte weiterhin ausschlagend und bockend durch die Halle und zog die Longe hinter sich her. Gerade als ich mich wieder hustend und spuckend aufgerappelt hatte, ging die Bandentür auf. Isa betrat die Halle. Sie hatte den

Tumult vom Stall aus gehört und nun mit einem Blick die Situation erfasst.

Als Won Da Pie an ihr vorbeigaloppierte, ergriff sie beherzt die schleifende Longe und stemmte sich mit ihrem ganzen Gewicht dagegen.

Der braune Wallach blieb bei dem heftigen Ruck, den er ins Maul bekam, zitternd stehen. Sein Fell glänzte vor Schweiß, die Flanken bebten. Er hatte die Augen weit aufgerissen, seine Nüstern waren blutrot. Ich war den Tränen nahe, als ich mir die Sägespäne von den Kleidern abklopfte. Was war nur mit meinem Pferd los? Isa sprach beruhigend auf Won Da Pie ein und näherte sich ihm langsam, wobei sie die Longe aufrollte. Sie klopfte ihm den Hals und führte ihn zu mir.

»Danke«, sagte ich schwach. »Ich glaube, das reicht für heute.«

»Er kennt das Longieren vielleicht nicht.« Isa lächelte freundlich. »Du solltest es beim nächsten Mal mit einem Longiergurt versuchen und ihn ausbinden. Ein schönes Pferd hast du da übrigens!«

»Ja? Vielen Dank.« Ich nahm ihr die Longe aus der Hand. »Hoffentlich werde ich mit ihm fertig.«

Isa war die anerkannt beste Reiterin im Stall. Mit den Privatpferden Natimo und Heide ritt sie sehr erfolgreich L- und M-Dressur. Sie konnte fabelhaft reiten, war immer nett und wusste über alles, was mit Pferden zu tun hatte, Bescheid. Selbst uns kleinen Schulreitern gegenüber war sie niemals arrogant.

»Du darfst nicht gleich den Mut verlieren«, riet Isa mir.

»Das Pferd ist jung, die Umgebung ist ihm fremd. Komm, versuch es noch mal!«

Ganz vorsichtig hob ich diesmal die Longierpeitsche auf und gab dem Pferd einen Wink. Es setzte sich sofort in Bewegung.

»Sprich mit ihm«, sagte Isa. »Du musst den Befehl, den du gibst, immer wiederholen, bis er versteht, was er tun soll. Wenn er schneller wird, sagst du ›Ruhig‹ oder ›Hoooola‹, irgendetwas in einem beruhigenden Tonfall. Du darfst nur nicht nervös werden oder herumschreien.«

Won Da Pie fiel wieder in Trab. Aber er hatte seine überschüssige Energie verpulvert. Nach ein paar Runden wagte ich, ihm den Befehl zum Galoppieren zu geben. Mit Isa neben mir fühlte ich mich schon sicherer.

»Galopp!«, sagte ich und gab ihm einen Wink mit der Peitsche.

Und tatsächlich – er galoppierte an! Wiederum nach ein paar Runden sagte ich: »Teeeeerab! Hooo-la!« Und siehe da, das Pferd fiel in Trab, dann in den Schritt.

»Na also.« Isa lächelte ermutigend. »Das wird schon. Er hat eben mehr Temperament als die Schulpferde, die du bisher gewöhnt warst. Nur nicht die Geduld verlieren.«

»Das werde ich sicher nicht.« Ich atmete tief durch und mir gelang schon wieder ein unsicheres Lächeln. »Vielen Dank, Isa.«

»Keine Ursache.« Sie zwinkerte mir zu und verließ die Bahn. Ich ließ Won Da Pie noch zehn Minuten im Schritt gehen, bis seine Atmung sich wieder beruhigt hatte und das Fell trocknete.

»Puh!«, machte Doro, als sie mir die Bandentür öffnete. »Der hat ja ganz schön Power.«

»Wirst du ihn morgen reiten?«, wollte Bille wissen.

»Klar«, erwiderte ich lässig, aber meine Selbstsicherheit war nur gespielt. Was sollte ich bloß tun, wenn Won Da Pie so mit mir durch die Reitbahn raste?

ALLES UNTER KONTROLLE

Am Sonntag fasste ich mir endlich ein Herz und schrieb Thierry eine E-Mail. Es war gar nicht so einfach, denn ich hatte so viel zu erzählen, und das war in einer fremden Sprache ziemlich kompliziert. Natürlich hätte ich Mama um Rat fragen können, aber sie musste ja nicht wissen, dass ich mich bei Thierry meldete.

Meine ersten beiden Reitstunden im Sattel von Won Da Pie hatten unter Ausschluss der Öffentlichkeit stattgefunden. Ich hatte mit Herrn Kessler am Samstag- und Sonntagmorgen jeweils gleich früh um acht Uhr eine Einzelstunde verabredet, weil ich erst mal keine Zuschauer haben wollte. Aber Won Da Pie hatte sich zu meiner Erleichterung nicht anders als auf Noirmoutier benommen und ich hatte mich sehr wohl auf ihm gefühlt. All das schrieb ich Thierry, dann bat ich ihn, seiner Schwester, Nicolas und Véronique schöne Grüße auszurichten. Mein Herz klopfte und ich hatte ganz feuchte Hände, als ich nach fünfmaligem Durchlesen schließlich auf »Senden« klickte. Ich hatte noch nie einem Jungen eine E-Mail geschrieben! Papa und Mama waren nicht zu Hause und Phil hatte den Auftrag bekommen, darauf zu achten, dass ich nicht stundenlang im Internet surfte. Doch mein großer Bruder hockte selbst in seinem Zimmer an seinem Laptop und hatte Besseres zu tun, als auf die Uhr zu gucken. Ich nutzte die Gelegenheit, mich bei Facebook anzumelden. Die älteren Jugendlichen im Reitstall waren dort alle aktiv, genauso wie Phil und viele meiner Klassenkameradinnen. Bisher hatte mich das nie interessiert, aber ich hatte schon so viel darüber gehört, dass es für mich kein Problem war, mir einen Account einzurichten.

Minuten später bekam ich eine Bestätigungsmail und dann suchte und fand ich Thierry. Zu meiner Enttäuschung hatte er seine Seite so geschützt, dass sie nichts über ihn preisgab außer seinem Profilbild. Sollte ich ihm eine Freundschaftsanfrage senden? Ich starrte auf den Monitor und kaute nachdenklich auf der Unterlippe. Er würde gleich feststellen, dass ich noch keine Freunde hatte. Das war total peinlich. Nein, ich musste erst einmal andere Freunde haben, bevor ich das tat.

Alissa begann freudig zu bellen, ein Zeichen dafür, dass meine Eltern nach Hause kamen. Schnell loggte ich mich aus und fuhr den Computer herunter. Ich hatte gar nicht gemerkt, dass drei Stunden vergangen waren.

Am Montagnachmittag fuhren Doro und ich mit meiner Mutter nach Hofheim in ein Reitsportgeschäft. Ich konnte mir nicht dauernd Sattel und Trense von einem Schulpferd ausleihen, Won Da Pie brauchte sein eigenes Sattelzeug. Dafür hatte ich mein Sparbuch geplündert. Immerhin besaß ich tausend Euro, die ich in den letzten Jahren für ein Pferd gespart hatte. Isa hatte mir eine Trense verkauft, die noch ganz neu war, ihrem Pferd aber nicht passte.

Thierry hatte noch nicht geantwortet. Nicht mal Doro hatte ich von meiner Mail an ihn erzählt, nur von Facebook, woraufhin sie sich auch angemeldet hatte, genauso heimlich wie ich.

Im Reitgeschäft wurde ich beinahe mein ganzes Geld los. Ich kaufte Gamaschen für vorn und hinten, ein Lederhalfter, zwei Führstricke, zwei Satteldecken und einen neuen Putzkasten mit allem notwendigen Zubehör, angefangen vom Hufkratzer bis zum Schweifspray. Longe, Longiergurt, Peitsche, Dreieckszügel, eine Decke – schon war der Großteil meines Geldes aufgebraucht. Den Sattel wollten meine Eltern bezahlen; ein wirklich guter Sattel kostete immerhin etwa tausend Euro.

»Normalerweise sollte der Sattel dem Pferd vor Ort angepasst werden«, erklärte uns der Mann vom Reitgeschäft. »Wenn Sie möchten, komme ich morgen Nachmittag vorbei und wir probieren Ihrem Pferd verschiedene Sättel an.«

Isa hatte mir geraten, einen Vielseitigkeitssattel Schwerpunkt Dressur zu kaufen, der genügend Kniepauschen hatte, um auch damit springen und sicher im Gelände reiten zu können. Ich saß im Reitgeschäft auf ein paar verschiedenen Sätteln Probe und entschied mich für vier unterschiedliche Modelle, die der Sattler dann am nächsten Tag mitbringen wollte, um sie Won Da Pie anzuprobieren.

Da ich noch keinen Sattel hatte, longierte ich Won Da Pie an diesem Abend wieder einmal. Mit dem Longiergurt und den Dreieckszügeln funktionierte es jetzt recht ordentlich. Die regelmäßige Arbeit in den letzten Tagen hatte meinem Pferd gutgetan. Zwar verstand Won Da Pie nicht immer sofort, was ich von ihm wollte, aber wir waren auf dem Weg der Besserung.

Pünktlich um halb drei am Dienstagnachmittag kam der Sattler in den Stall. Ich brachte Won Da Pie in die Schmiedeecke hinter dem Misthaufen und wir probierten die Sättel an. Zwei schieden gleich aus – einer drückte an Won Da Pies Widerrist, der andere lag zu stark auf dem Rücken auf. Die anderen beiden passten und ich entschied mich für einen Sattel aus schwarzem Leder. Dazu kamen noch die Steigbügelriemen, schwere Steigbügel und ein Sattelgurt aus Leder mit elastischen Gurtschnallen. Das gute Stück kostete zwar mit allem Zubehör eintausendachthundert Euro, aber Mama akzeptierte, ohne mit der Wimper zu zucken.

»Ich glaube, das war's jetzt erst einmal«, sagte ich kleinlaut. »Dafür braucht ihr mir auch nichts zu Weihnachten zu schenken.«

Ich brachte Won Da Pie zurück in seine Box, an der seit heute Morgen ein Namensschild prangte. »Won Da Pie«, stand da, darunter sein Geburtstag, sein Herkunftsland und der Name des stolzen Besitzers, nämlich meiner. Den kostbaren Sattel hängte ich in der Sattelkammer auf den Halter, unter dem ebenfalls ein Schild mit meinem Namen angebracht worden war. Ich hatte den Schonbezug über das glänzende Leder gezogen, damit das gute Stück nicht zerkratzt wurde oder einstaubte.

Nachdem schon den ganzen Tag unheilschwangere dunkle Wolken den Himmel bedeckt hatten, begann es zu nieseln. Doro, Karsten, Oliver und ich beschlossen, uns die

Vier-Uhr-Reitstunde anzusehen, bei der Inga auf Corsario mitreiten würde.

»Lasst uns im Kasino eine Cola trinken«, schlug Oliver vor.

Das »Kasino« war eigentlich unser Reiterstübchen. Karsten hatte einmal behauptet, dass diese altmodische Bezeichnung noch aus den Zeiten der Kavallerie stammte, als sich die Offiziere im Offizierskasino getroffen hatten.

Am Tresen saßen bereits Simon, Dani, Annika und Susanne. Wir holten uns bei Herrn Boshof, dem Pächter des Reiterstübchens, je eine Cola und einen Schokoriegel.

»Wann sehen wir dich denn mal auf deinem Kracher?«, fragte Simon mich mit einem herablassenden Grinsen. »Bis jetzt hast du ihn ja vor unseren Augen versteckt.«

Herr Kessler hatte mich erst vorhin gefragt, ob ich die Reitstunde um achtzehn Uhr mitreiten wollte.

»Heute Abend«, sagte ich also.

»Wir trainieren fürs Reitabzeichen in den Herbstferien«, bemerkte Annika. »Fürs Große Reitabzeichen, wohlgemerkt.«

»Du solltest dir überlegen, ob du da richtig bist«, ergänzte Dani von oben herab.

»Ich will auch das Abzeichen machen«, hörte ich mich sagen. Der Gedanke war mir tatsächlich erst in dieser Sekunde gekommen, aber wieso sollte ich es nicht versuchen?

Da ging die Tür auf und Alex Schäfer, der Sohn des Zweiten Vorsitzenden, kam mit einem anderen jungen Mann herein. Er war um einiges älter als wir, etwa Mitte zwanzig, und studierte Jura.

»Macht mal Platz da für zwei durstige Männer, ihr junges Gemüse«, sagte er großspurig und musterte das Kleeblatt am Tresen mit hochgezogenen Augenbrauen. Alex war die Überheblichkeit in Person. Gegen ihn war selbst Simon ein zahmes Bürschchen.

Die vier verzogen sich ohne Widerworte mit ihren Colagläsern an einen der Tische. Wir setzten uns an den Nachbartisch und schauten hinunter in die Reithalle, wo Herr Kessler wieder einmal auf eine harte Geduldsprobe gestellt wurde.

Hanko stand träge in der Mitte der Bahn, seine Reiterin klopfte zaghaft mit den Schenkeln gegen seine Flanken. Farina eierte auf dem dritten Hufschlag herum, die Reiterinnen von Goldi und Brutus trabten auf dem falschen Fuß leicht. Inga bot auch nicht gerade eine besondere Leistung. Sie bolzte Corsario die Schenkel an den Bauch und plumpste bei jedem zweiten Trabtritt dem Pferd unsanft in den Rücken. Seitdem sie ihn ohne Sporen reiten musste, bekam sie den Schimmel kaum vorwärts. Doro verzog das Gesicht, als hätte sie Zahnschmerzen, sagte aber nichts.

»Sieht der Kessler nicht, dass der Schimmel da unten lahm geht?«, hörten wir Alex' laute Stimme und starrten hinunter in die Reitbahn. Der einzige Schimmel in der Halle war Corsario.

»Der Schimmel mit der Dicken im Sattel!«, rief Alex. »Das ist ja wahrhaftig kein Aushängeschild für unseren Verein!«

»Mit der ›Dicken‹ meint er wohl Inga«, gluckste Karsten. »Sie zerreißt sich vor Wut, wenn ich ihr das gleich sage.«

»Du wirst dich unterstehen«, warnte Doro ihn.

Unten in der Reithalle veränderte sich urplötzlich die Situation, als Hanko, der dauernden Schenkelklopferei seiner Reiterin müde, diese mit einem einzigen gemeinen Bocksprung abwarf und sich daranmachte, Farina zu verfolgen. Hanko und Farina konnten sich nicht leiden, die Stute keilte nach dem frei laufenden Wallach aus. Wir hörten Herrn Kessler durch die dicken Scheiben brüllen. Während Farina und Hanko bockend durch die Reitbahn sausten, standen die anderen Reiter mit ihren Pferden verschreckt in den Ecken.

»Da wird einem doch gleich was geboten.« Alex erhob sich und verließ das Kasino. Wenig später sahen wir ihn in der Reithalle auftauchen. Er ergriff die Zügel des vorbeigaloppierenden Hanko. Gemeinsam mit Herrn Kessler fing er auch noch Farina ein. Die dunkelbraune Stute war entgegen ihrer sonstigen Lethargie ganz außer sich und tänzelte wie ein Rennpferd vor dem Start. Wir konnten nicht genau erkennen, wie es passierte, aber Farina sprang plötzlich herum und versetzte dem Reitlehrer einen Tritt gegen das Schienbein.

»Auwei!«, sagte Simon.

Herr Kessler humpelte mühsam von Alex gestützt aus der Halle, das Gesicht schmerzverzerrt. Wir blickten uns erschrocken an. Das sah nicht gut aus. Die beiden Reiterinnen hielten ängstlich die Zügel von Hanko und Farina umklammert. Alex kam zurück in die Reithalle marschiert und machte ungeduldig Zeichen, wir sollten das Fenster öffnen. Simon rüttelte am Fenstergriff, bis es endlich aufsprang.

»Sollen wir was helfen?«, fragte er.

»Hol jetzt sofort Frau Kessler, du Pfeife!«, brüllte Alex. »Marsch! Marsch!«

Wir grinsten. Es war zu schön, wenn Simon mal abgekanzelt wurde. Der setzte sich sofort in Bewegung, um die Frau des Reitlehrers zu rufen.

Herr Kessler saß mit bleichem Gesicht auf dem Stuhl in der Sattelkammer, als seine Frau kam. Alex telefonierte lautstark, orderte einen Krankenwagen und war ganz Herr der Lage.

»Hoffentlich ist es nichts Schlimmes«, sagte Annika besorgt, als wir mit beklommenen Gesichtern in der Stallgasse herumstanden. »Wer weiß, wer sonst heute Abend den Unterricht übernimmt.«

»Ich kann's dir schon sagen, obwohl ich kein Hellseher bin.« Simon wies mit dem Kopf in Richtung Sattelkammer. »Der Oberfeldwebel da drin. Den Kessler hat's übel erwischt, das sage ich euch.«

»Dann wird's wohl nichts mit dem Reitabzeichen in den Herbstferien.« Susanne machte ein langes Gesicht. »So ein Mist.« In diesem Moment trat Alex aus der Tür und musterte uns kurz mit durchdringendem Blick.

»Warum rottet ihr euch hier zusammen?«, bellte er. »Ist das eine Verschwörung, oder was?«

»Wir wollten nur wissen, wie es Herrn Kessler geht«, piepste Annika schüchtern.

»Unterricht wird er heute Abend keinen mehr geben können«, verkündete Alex die frohe Botschaft.

»Macht nichts«, sagte Simon eilig. »Dann reiten wir eben nächste Woche.«

»Nein, nicht nötig.« Alex sah uns der Reihe nach an, als wollte er uns auffressen, und grinste boshaft. »Der Unterricht fällt nicht aus. *Ich* werde Herrn Kessler vertreten.«

»Was hab ich euch gesagt«, tuschelte Simon.

»Dann wird der Reitabzeichenlehrgang wohl ausfallen«, meinte Dani.

»Wieso denn das?«, erwiderte Alex. »Herr Kessler ist ja nicht tot. Und wie gesagt: Ich bin ja auch noch da.«

»Aber wir trainieren mit Herrn Kessler fürs Reitabzeichen«, sagte Susanne mutig. »Da ist es nicht gut, wenn wir auf einmal einen anderen Reitlehrer haben.«

»So ein Quatsch!« Alex rieb sich die Hände. »Bis Herr Kessler wieder fit ist, übernehme ich den Reitunterricht. Ich werde euch Bettnässer schon auf Trab bringen!«

Ich verspürte plötzlich nicht mehr die geringste Lust, die Sechs-Uhr-Stunde mitzureiten. Alex hatte in der Vergangenheit öfter den Reitunterricht vertretungsweise übernommen, wenn Herr Kessler verhindert oder im Urlaub war. Sein Unterricht war nichts für Zartbesaitete und nur lustig, wenn man in sicherer Entfernung auf der Tribüne saß. Die anderen würden sich schön ins Fäustchen lachen, wenn es Won Da Pie heute Abend in der Reitstunde einfallen sollte, Unsinn zu machen.

Eine Viertelstunde später schaukelte der Krankenwagen mit Herrn Kessler an Bord vom Hof. Wir standen da und guckten belämmert hinterher wie Matrosen, wenn der Kapitän über Bord gegangen ist.

»So«, ließ Alex sich hinter uns vernehmen. »Um fünf vor sechs erwarte ich die komplette Mannschaft in der Halle zum Appell! Verstanden?«

Wir nickten, wenig begeistert.

»Na dann.« Alex ließ seine Fingerknochen knacken. »Dann ist ja alles unter Kontrolle.«

Mit großen Schritten ging er zurück ins Kasino zu seinem Freund.

»Alles unter Kontrolle«, murrte Dani. »Schöner Mist. Er wird uns fertigmachen.«

»Klar.« Annika nickte düster. »Auf so eine Gelegenheit hat er doch nur gewartet.«

Noch ein langer Weg

Um kurz vor sechs hatten wir noch nichts Neues von Herrn Kessler gehört, aber wir ahnten, was uns bevorstand. Außer mir ritten Simon, Dani, Annika, Susanne, Cordula, Solveig und Kirsten auf Schulpferden mit. Ich würde mit Abstand die Jüngste in der Gruppe sein und meine Knie zitterten beim Satteln. Won Da Pie war munter wie immer und versuchte mich beim Anziehen des Sattelgurts in den Arm zu zwicken.

Ich fühlte mich wie ein Lamm auf dem Weg zur Schlachtbank, als ich mit meinem Pferd am Zügel um fünf vor sechs die Reithalle betrat. Alex stand schon breitbeinig in der Mitte der Bahn, die Hände hinter dem Rücken verschränkt, und betrachtete uns mit wichtiger Miene. Die Tribüne war voller Zuschauer. Es hatte sich schnell herumgesprochen, dass Alex den Unterricht übernehmen würde. Für die Zuschauer war das meistens eine erheiternde Angelegenheit, denn Alex ließ keine Gelegenheit aus, die Reiter zu schikanieren und ihre Schwächen lauthals bloßzustellen. Je mehr Publikum er dabei hatte, desto wohler schien er sich zu fühlen. Heute Abend spielte er quasi vor ausverkauftem Haus.

Wir machten auf der Mittellinie unsere Pferde fertig und

saßen auf. Alex ging vor uns auf und ab und blieb schließlich vor mir stehen.

»Du!«

»Äh … ja?« Ich sah ihn unsicher an.

»Das heißt: jawohl!«, korrigierte Alex mich scharf. »Name?«

»Charlotte Steinberg.«

»Ach ja, richtig. Was hast du da für ein Pferd, Steinberg?«

»Es heißt Won Da Pie. Ich habe ihn erst seit ein paar Tagen.«

»Alter? Abstammung?«

»Er … er ist sechs, ein Franzose. Sein Vater ist Quidam de Revel.«

»Ach! Schau an! Wie kommst du zu so einem Pferd, Steinberg?«

»Das … das war Zufall. Ich hab ihn in Frankreich in den Sommerferien geritten und … und der Besitzer hat ihn mir verkauft.«

»So, so. Na gut. Werde ich im Auge behalten. Springpferd, was?«

»Ich weiß nicht. Ich hab ihn noch nicht so lange.«

Alle anderen waren mittlerweile schon aufgesessen. Ich setzte den Fuß in den Bügel. Prompt ging Won Da Pie rückwärts. Hilflos hüpfte ich hinterher. Mir wurde heiß.

»Bleib stehen«, flüsterte ich flehend. »Mach doch nicht gleich so einen Mist!«

»Steinberg!«, brüllte Alex. »Wie es in Frankreich ist, weiß ich nicht, aber hier in Deutschland wird auf der Mittellinie aufgesessen!«

Mein Blick fiel auf Simon, der hämisch grinste. Ich wurde feuerrot im Gesicht. Won Da Pie war beim Aufsitzen noch nie ruhig stehen geblieben, und auch jetzt trabte er an, während ich mich mühsam in den Sattel zog und beinahe noch vornüberkippte. Vereinzelte Lacher wurden auf der Tribüne laut, und Alex sah mir mit hochgezogenen Augenbrauen zu.

»Er ist noch nicht so besonders gut erzogen«, sagte ich entschuldigend und ordnete mich mit meinem Pferd wieder in Reih und Glied ein.

Alex ließ uns gleich eine Abteilung bilden und setzte mich ganz ans Ende. Won Da Pie war aufgeregt. Es war ungewohnt für ihn, mit so vielen Pferden in einer engen Halle zu gehen. Er tänzelte, schlug mit dem Kopf und wollte die vor uns gehende Liesbeth überholen. Ich versuchte an all das zu denken, was Nicolas mir immer wieder gesagt hatte. Zügel lang lassen, ruhig sitzen, Schultern zurück, Beine lang – nur nicht nach vorn fallen! Nachdem wir noch einmal nachgegurtet hatten, trabten wir an. Won Da Pie kaute eifrig am Gebiss, aber ich musste ihm dauernd Paraden geben, weil er viel raumgreifender trabte als die Schulpferde. Es nützte nicht viel, dass ich die Ecken so tief ausritt, wie es nur ging. An den langen Seiten holte Won Da Pie sofort wieder auf. Ich merkte, wie der Wallach sich verspannte.

Alex brüllte ringsum alle an. Bisher hatte er mich verschont, doch nun schrie er: »Steinberg!«

»Ja?« Ich blickte ihn verschreckt an.

»Du gehst an den Anfang! Marsch, Marsch!«

Überrascht nickte ich und lenkte mein Pferd innen an der Abteilung vorbei. Es war ein Privileg, die Abteilung anzuführen, und dies bekam nun ich, die Allerjüngste. Simon warf mir einen mörderischen Blick zu, als ich mich vor ihm an die Spitze setzte. Aber sofort war alles gut. Won Da Pie bog den Hals, er stand federleicht an den Hilfen, und ich konnte ihn freier traben lassen, was ihm bedeutend besser gefiel. Ich achtete auf meinen Sitz und darauf, die Hufschlagfiguren korrekt auszureiten. Doch Alex versuchte, mich auf die Probe zu stellen. Doppelte Schlangenlinie an der nächsten langen Seite. Dabei musste man jedes Mal eine Pferdelänge nach Verlassen und wiederum vor Erreichen des Hufschlags den Fuß beim Leichttraben wechseln.

Durch die Länge der Bahn geritten.

Aus der Ecke kehrt.

Schlangenlinien durch die Bahn, drei Bogen, von Hufschlag zu Hufschlag.

Auf dem Zirkel geritten.

Aus dem Zirkel wechseln.

Durch den Zirkel wechseln.

Dann wurde ausgesessen. Die anderen schrie Alex genug an. Sie saßen zu krumm, zu steif, zogen Knie oder Absätze oder beides hoch, waren zu fest mit der Hand – er fand bei jedem etwas. Zu mir sagte er nur ein paarmal »Nicht so eilig, Steinberg!«

Schließlich kam der Galopp. Natürlich konnte Won Da Pie den Bocksprung beim Angaloppieren nicht lassen, aber da ich schon darauf vorbereitet war, geriet ich nicht in Bedrängnis.

Mein Pferd schien Alex zu gefallen, denn er ließ mich Runde um Runde galoppieren. Ich musste auf den Zirkel gehen, dann auf dem zweiten Hufschlag innen an der Abteilung vorbeireiten.

»Guckt euch das an, Leute!«, brüllte er plötzlich unvermittelt. »*Das* ist Galopp! Takt, Raumgriff – alles perfekt! So soll ein Pferd galoppieren!«

Won Da Pie war auch wirklich gut zu sitzen. Im Trab war es viel schwieriger, aber sein schwungvoller Galopp war sehr angenehm. Endlich durfte ich durchparieren und mich an die Abteilung anschließen. Während die anderen alle der Reihe nach einzeln galoppierten, bemerkte ich erst, wie voll die Tribüne war. Doro und Inga grinsten mir zu.

»So, jetzt galoppieren wir in der Abteilung!«, rief Alex, als alle durch waren und ich wieder am Anfang ritt. »Da ihr in Kürze das Reitabzeichen machen wollt, gehe ich davon aus, dass ihr dazu in der Lage seid, ohne dass es zu Stürzen oder Ähnlichem kommt. Also: Abteilung im Arbeitstempo Galopp, marsch!«

Ich gab die Galopphilfe, und Won Da Pie trat so heftig gegen die Bande, dass eines der Bretter dabei zu Bruch ging. Simons Tanja machte vor Schreck kehrt und prallte mit Goldi zusammen, die anderen Pferde blieben stehen. Ich war die Einzige, die galoppierte.

»Was ist denn das schon wieder für ein Sauhaufen?«, brüllte Alex. »Ich dachte, ihr seid die Fortgeschrittenenabteilung! Das sieht mir ja aus wie die Hausfrauenstunde morgens um neun!«

Auf der Tribüne wurde gelacht. Jemand rief: »Ich muss doch sehr bitten!«

»Ruhe auf den billigen Rängen, sonst lasse ich den Saal räumen!« Alex, der Jurastudent, war voll in seinem Element. Er wandte sich an Simon.

»Was für einen Fehler hast du diesmal gemacht, Orthmann?«

»Das Pferd vor mir hat ausgeschlagen«, verteidigte Simon sich. »Tanja hat sich erschreckt und ist deswegen …«

»Dumme Ausrede!«, brüllte Alex ihn nieder. »Du hast dein Pferd nicht an den Hilfen! Außerdem bist du viel zu dicht aufgeritten! Hättest du den richtigen Abstand eingehalten, wäre überhaupt nichts passiert! Capito?«

Simon nickte stumm.

»Also, noch einmal: Abteilung im Arbeitstempo Galopp, marsch!« Ich achtete darauf, Won Da Pie in einer Ecke angaloppieren zu lassen, und nun klappte es einwandfrei. Doch als mein Pferd merkte, dass alle hinter ihm hergaloppierten, wurde es nervös. Won Da Pie wurde immer schneller und legte die Ohren an. An der nächsten langen Seite begann er auch noch zu bocken. Ich verlor einen Bügel.

»Wer runterfällt, läuft fünf Runden zu Fuß hinter der Abteilung her!«, dröhnte Alex' Stimme in meinen Ohren.

Ich lenkte Won Da Pie auf den Zirkel und angelte verzweifelt nach dem Bügel.

»Abteilung: Schritt!«

Ich gab Paraden am äußeren Zügel. Der Schweiß lief mir in die Augen. Ich sah die erschrockenen Blicke der Zuschauer an mir vorbeizischen. Meine Arme taten weh. Won

Da Pie bohrte mit dem Kopf nach unten und bockte immer toller. Ganz unvermittelt warf er sich nach links. Das war zu viel für meine nicht mehr vorhandenen Kräfte. Ich machte einen Salto und krachte auf den Boden. Das war mir während meiner Reitstunden bei Nicolas in Frankreich so häufig passiert, dass es mich nicht mehr erschütterte. Ich hatte nicht einmal die Zügel losgelassen, war sofort auf den Beinen und saß schon wieder im Sattel, bevor Alex Luft holen konnte, um etwas zu sagen.

»Ich hatte die Knie nicht zu«, teilte ich Alex mit, der mich verblüfft ansah. »Meine Schuld.«

»Ja, das war es wohl«, erwiderte er in Zimmerlautstärke und nickte. Der nächste Abteilungsgalopp klappte reibungslos. Den Schulpferden ging allmählich die Luft aus. Ein solches Pensum waren sie nicht gewöhnt. Won Da Pie schwitzte zwar auch, war aber noch immer frisch.

Zufrieden parierte ich am Ende der Stunde durch und klopfte meinem Pferd den Hals. Ich hatte keine Angst vor ihm. Ich wusste, dass ich mit ihm zurechtkommen würde. Aber ich hatte auch begriffen, dass das alles nicht von heute auf morgen klappen würde.

»Am Samstag um drei ist Springstunde für alle Reitabzeichen-Aspiranten mit Schulpferden!«, rief Alex in die Halle. »Um vier für die Privatreiter. Verstanden?«

Sein Blick fiel auf mich.

»Dich will ich um vier mit deinem Springpferd sehen, Steinberg.«

»Mich?« Ich starrte ihn an. Mein Mut sank in rasender Geschwindigkeit.

»Du reitest in dieser Stunde – also willst du doch wohl auch das Reitabzeichen machen, oder irre ich mich?« Er grinste spöttisch, und ich nickte unsicher.

»Na also. Samstag um vier. Mit deinem *Spring*pferd draußen auf dem *Spring*platz. Oder hast du etwa Schiss?«

Auf der Tribüne und in der Halle wurde es totenstill. Ich wünschte mir, Alex würde ein paar Dezibel leiser sprechen.

»Nö«, erwiderte ich. »Wieso sollte ich?«

»Richtige Antwort, Steinberg.« Alex nickte und marschierte davon.

Ein echtes Springpferd!

Am nächsten Tag war klar, dass Alex uns noch eine Weile erhalten bleiben würde, denn Herr Kessler hatte das Schienbein gebrochen und würde auf unbestimmte Zeit keinen Reitunterricht geben können. Der Samstag mit der Springstunde rückte näher, und mich plagten jede Nacht Albträume. Am Freitag konnte ich schon kaum einen Bissen essen. Das Wetter war sommerlich schön, wie es sich für Ende August gehörte, und Alex würde sicherlich nicht alle Hindernisse in die Halle schleppen lassen, wenn man auch draußen reiten konnte.

»Was ist denn los mit dir, Lotte?«, fragte meine Mutter, als ich mittags nur lustlos in meinem Essen herumstocherte. »Gibt es Probleme mit Won Da Pie?«

»Nein«, druckste ich. »Überhaupt nicht.«

»Was ist es denn dann? Hast du Ärger in der Schule?«

»Nein.« Ich seufzte abgrundtief. »Morgen ist Springstunde.«

»Aber du bist doch immer gerne gesprungen.«

Meine Mutter hatte echt keine blasse Ahnung! Ich würde es nie und nimmer zugeben, aber als Doro, Oliver, Karsten und ich im vergangenen Winter das erste Mal die Jugendspringstunde reiten durften, hatte ich nächtelang vorher nicht richtig schlafen können. Und jetzt musste ich ausgerechnet bei Alex das erste Mal mit Won Da Pie springen, während alle um den Platz herumstehen und nur darauf warten würden, dass ich patzte. Die anderen freuten sich aufs Springen, ich dagegen hatte immer ein mulmiges Gefühl im Magen.

»Darf ich noch mal an deinen Computer, bevor ich in den Stall gehe?«, fragte ich meine Mutter.

»Ja, von mir aus. Wenn du die Küche aufgeräumt hast.«

»Klar.«

Meine Geschwister hatten das benutzte Geschirr bereits in die Küche getragen, ich räumte es fix in die Spülmaschine, spülte eine Pfanne und zwei Töpfe in Rekordgeschwindigkeit. Nicht nur die Springstunde morgen machte mir zu schaffen, auch die Tatsache, dass Thierry nichts von sich hören ließ, beschäftigte mich. Vielleicht machte er das mit allen Mädchen so – Umarmung und Visitenkarte zum Abschied und sich dann einfach nicht mehr melden. Warum hatte er überhaupt solche Karten? Ich kannte keinen Jungen, der welche besaß, nicht mal Simon Orthmann.

Während ich den Computer hochfuhr, nahm ich mir vor, Thierry abzuhaken, wenn er mir heute nicht geantwortet hatte. Erwartungsvoll loggte ich mich in mein E-Mail-Konto ein und wurde enttäuscht. Nichts. Am Sonntag hatte ich ihm geschrieben, jetzt war Freitag. Das konnte ich wohl echt vergessen.

Nachmittags im Stall verkündete Alex erwartungsgemäß, dass wir am nächsten Tag auf dem Platz springen würden. Ich versuchte, nicht an den Trakehnergraben, die Mauer, die Irischen Wälle und das Billard zu denken. Samstags beim Mittagessen brachte ich keinen Bissen hinunter.

»Du siehst aus, als würdest du zu deiner eigenen Hinrichtung gehen«, stellte Papa fest. »Nicolas hat doch gesagt, dass Won Da Pie ein Springpferd ist.«

Ja, so einfach sahen sie das! Als ob ein Springpferd seinen Reiter automatisch zu einem Springreiter machen würde. Ich erwiderte nichts darauf, sondern zuckte nur die Schultern.

Um halb drei war ich im Stall. In der ersten Stunde ritten Annika, Susanne, Simon, Dani, Cordula und Beate mit den Schulpferden. Alex stand auf dem Platz und brüllte herum. Herr Kessler schrie fast nie, es sei denn, irgendjemand benahm sich katastrophal. Mir wäre es hundertmal lieber gewesen, er stünde jetzt auf dem Platz und nicht der zynische Alex!

Um zwanzig vor vier sattelte ich Won Da Pie und führte ihn zum Platz. In dieser Gruppe war ich mit Abstand die Unerfahrenste. Ralf hatte schon A-Springen auf Turnieren geritten, ebenso Dörte mit Vicky. Jutta und Merle ritten schon seit vielen Jahren. Wie ich es erwartet hatte, fanden sich zahlreiche Zuschauer rings um den Platz ein. Herr Herzinger und Herr Stark vom Vorstand waren da. Herr Stark besaß auch ein Pferd hier im Stall, er war Turnierrichter und früher selbst ein erfolgreicher Springreiter gewesen.

Als ich endlich im Sattel saß, hatte meine Aufregung schon etwas nachgelassen. Das Schlimmste war eben immer die Warterei vorher. Da traf auch Herr Kessler ein, zwar mit Gipsbein und Krücken, aber immerhin.

»Bügel drei Loch kürzer, Steinberg!«, rief Alex mir zu. »Das hier ist eine *Spring*stunde!«

Ich parierte durch und verkürzte die Steigbügel wie verlangt.

Leichttraben und galoppieren im leichten Sitz.

»Arbeitet eure Pferde im Trab und im Galopp!«, hieß es. »Stellt sie an die Hilfen!«

Ich war bisher eigentlich nur immer in der Abteilung geritten. Das selbstständige Reiten war neu für mich, aber es gefiel mir. Ich konzentrierte mich auf Won Da Pie und achtete darauf, niemandem in die Quere zu reiten.

»Etwas mehr Galopp, Seifert!«, schrie Alex. »Dein Pferd schleicht wie eine Schnecke durch die Gegend! Bisschen mehr Tempo! Sietzy – stell dein Pferd durchs Genick! Nicht einfach an den Zügeln zerren, Schenkel und Gewicht einsetzen! Ja! Hintern in den Sattel! Gewicht hast du doch genug!«

»Vielen Dank für das Kompliment«, zischte Dörte nur. Alex beobachtete auch mich eine Weile, hatte aber nichts auszusetzen.

Nach einer Viertelstunde Aufwärmarbeit begannen wir mit dem Springen. Zuerst ging es aus dem Trab über zwei Bodenstangen und ein kleines Kreuz. Nachdem wir alle das Hindernis ein paarmal überwunden hatten, folgten vier kleine In-Outs. Ich bemühte mich, mit dem Oberkörper nicht hinter die Bewegung zu geraten und Won Da Pie nicht im Maul zu ziehen.

»Gut!«, war Alex' einziger Kommentar. Ich merkte, dass Won Da Pie Spaß am Springen hatte. Die letzten Galoppsprünge vor dem Hindernis beschleunigte er ganz von selbst, fand seinen Absprung alleine und machte mir dadurch eine Menge Mut. Ich durfte ihn nur nicht stören, dann würde es klappen.

Wir sprangen einen Steilsprung, danach einen Oxer, dann eine Folge von mehreren Hindernissen. Quick verweigerte ein paarmal, Obermaat räumte die Stangen ab und Bille konnte Arthos nach den Hindernissen nicht mehr halten.

Alex' Laune wurde immer schlechter. »Wie soll denn das im Parcours gehen?«, schrie er. »Bleib doch einfach ruhig sitzen und schieb ihn nicht noch zum Sprung hin! Mein Gott, das sieht ja aus, als würdest du zum ersten Mal in deinem Leben auf einem Pferd sitzen!«

Ich sah, dass Bille mit den Tränen kämpfte. Sie war klein und zierlich und Arthos ein Brocken von einem Pferd.

»In vier Wochen willst du das Reitabzeichen machen!«, fuhr Alex fort. »Bis dahin solltest du noch ein paar Tonnen Spinat essen, damit du ein paar Muckis kriegst! Ist ja nicht mit anzusehen!«

Bille parierte durch. »Dann lass ich's eben!«, rief sie.

»Dann musst du es lassen«, erwiderte Alex kühl und wandte sich mir zu. »Steinberg, los! Oder willst du es auch lieber lassen?«

Ich schüttelte den Kopf und galoppierte an. Won Da Pie schlug übermütig aus. Steilsprung, Oxer, rechte Hand eine kleine Doppeloxer-Kombination, wieder ein Steilsprung.

»Jetzt den Trakehnergraben!«, brüllte Alex. Ich lenkte den Wallach auf das Hindernis zu, vor dem ich mich so gefürchtet hatte. Mein Pferd zögerte keinen Moment.

»Linke Hand: Mauer!«, hörte ich das Kommando. Won Da Pie spitzte die Ohren. Die Mauer war ganz schön hoch! Eben, in der ersten Springstunde, hatte niemand über die Mauer springen müssen. Bevor ich weiter nachdenken konnte, lag sie schon hinter uns. Ich grinste vor Glück und klopfte meinem Pferd den Hals.

»Und jetzt die Wälle, Steinberg!«, rief Alex. »Wenn du dich traust!«

Die Wälle! Die war ich auch noch nie gesprungen! Ich blieb im Sattel sitzen, ließ die Hand ruhig. Won Da Pie legte von selbst an Tempo zu und spitzte die Ohren, ich musste mich nur von ihm mitziehen lassen. Der erste Wall, ein Galoppsprung, der zweite Wall – geschafft! Überglücklich klopfte ich Won Da Pie den Hals und strahlte über das ganze Gesicht. Glücklicher hätte ich nicht sein können, selbst wenn ich soeben den Großen Preis von Wiesbaden gewonnen hätte. Mit einem Pferd wie Won Da Pie musste ich keine Angst mehr vor dem Springen haben. Er konnte wirklich alles!

»Endlich mal ein Springpferd hier im Stall«, sagte Alex, als ich neben ihm zum Schritt durchparierte. »War ganz ordentlich, Steinberg. Du hängst zwar noch wie ein Mehlsack im Sattel, aber wenigstens behinderst du dein Pferd nicht.«

Das kam einem Kompliment doch ziemlich nahe! Die anderen Reiter der Springstunde ritten schon am hingegebenen Zügel trocken.

»Orthmann!«, rief Alex Simon zu, der mit den anderen am Rande des Springplatzes stand. »Macht euch mal nützlich! Alle Hindernisse drei Loch höher!«

Simon, Dani, Annika und Merle kamen auf den Platz und führten Alex' Anweisung aus. Alex blickte mich an.

»Du springst noch einmal den Parcours, Steinberg.«

Ich hatte sofort wieder einen Kloß im Hals. Lieber wäre ich nach diesem Erfolgserlebnis vom Pferd gestiegen, aber ich wollte vor Alex und den Zuschauern auch nicht als Feigling dastehen.

»Wie hoch ist das denn jetzt?«, traute ich mich zu fragen.

»Ungefähr so hoch wie ein S-Springen, Gnädigste«, spottete Alex.

Ich warf Herrn Kessler einen Blick zu. Als er mir aufmunternd zunickte, sagte ich: »Okay. Ich versuch's.«

»Na, das ist doch was!« Alex rieb sich die Hände. »Fertig, Männer?«

Er bezeichnete uns grundsätzlich als »Männer«, auch wenn außer Simon und ihm selbst kein einziger Angehöriger des männlichen Geschlechts auf dem Platz war.

»Moment!«, rief Annika, die noch mit den verrosteten Auflagen kämpfte.

Ich schluckte und holte tief Luft. Dann ließ ich Won Da Pie angaloppieren. Noch mal den ganzen Parcours! Jetzt sahen die Sprünge schon wie richtige Hindernisse aus. Und wieder kannte mein Pferd kein Zögern! Sicherlich war er bessere Reiter als mich gewöhnt, aber ich gab mir jede Mühe, ihn beim Springen nicht zu stören. Als er einmal zu früh wegsprang, gab ich ihm instinktiv den Kopf frei, damit er sein Gleichgewicht wiederfinden konnte. Diesen einen Sprung musste ich noch einmal wiederholen, dann war Alex zufrieden.

»Gutes Pferd«, sagte er, wie üblich sparsam mit jeder Art von Lob. »Wenn du so weitermachst, kann noch was aus dir werden, Steinberg.«

»Danke, Herr General«, erwiderte ich mit neu gewonnenem Selbstvertrauen und grinste. »Ich werde mir Mühe geben.«

Wer noch nie den Sand geküsst

Die Tage vergingen wie im Flug und irgendwann hörte ich auf, darüber nachzudenken, weshalb Thierry mir nicht auf meine E-Mail geantwortet hatte. Auch um mein Facebook-Konto kümmerte ich mich nicht mehr, denn ich hatte genug anderes im Kopf. In der Schule strengte ich mich an und versuchte, die Hausaufgaben zu erledigen, bevor ich nachmittags in den Stall ging. Dienstags, mittwochs und donnerstags schaffte ich es nur selten vor fünf Uhr, weil ich so lange Schule hatte, und dann wurde es oft acht Uhr, bis ich zu Hause war. Ich freute mich auf die Wochenenden, an denen ich mehr Zeit hatte. Am Samstag wollte ich dann auch gleich morgens um acht in den Stall gehen. Die Sonne schien strahlend vom wolkenlosen Septemberhimmel, die Vögel zwitscherten in den großen Linden in unserem Garten. Ein himmlisches Wetter zum Reiten! Mein Vater machte mir allerdings einen Strich durch die Rechnung.

»Wir hatten eine Abmachung getroffen, als wir Won Da Pie gekauft haben«, erinnerte er mich beim Frühstück. »Durch das Pferd werden nicht deine häuslichen Pflichten vernachlässigt.«

»Ich mache doch alles«, verteidigte ich mich. Zweimal die Woche den Frühstückstisch decken, zweimal mittags die Küche aufräumen. Dazu musste ich den Hund bürsten und an zwei Nachmittagen in der Woche mit ihm spazieren gehen. Meistens traf ich mich dazu mit Doro und ihrem Hund Oscar und wir liefen in den Stall, wo unsere Hunde dann geduldig auf uns warteten, aber das wussten meine Eltern nicht. Jeden Abend musste ich noch dazu den Mülleimer rausbringen. Alle Pflichten waren zwischen uns vier Kindern aufgeteilt. Ob gerecht oder nicht, war Ansichtssache.

»Dein Zimmer ist nicht unbedingt Taschengeld für eine Woche wert.« Mein Vater schlug den Wirtschaftsteil der Tageszeitung auf. »Wenn du um zehn in den Stall gehst, kannst du vorher noch dein Zimmer aufräumen.«

»Den Saustall«, fügte meine kleine Schwester hinzu.

»Halt die Klappe!«, fuhr ich sie an, konnte mir aber einen kleinen Seitenhieb nicht verkneifen. »Die Flasche macht den Flaschendienst!«

Dieser Spruch brachte sie jedes Mal zur Weißglut. Auch dieses Mal verfehlte er seine Wirkung nicht. Cathrin hasste es, für Getränkenachschub und Leergut zuständig zu sein.

»Ich will den blöden Flaschendienst nicht mehr machen!«, heulte sie prompt wütend. Ich streckte ihr die Zunge heraus, sie trat unter dem Tisch nach mir.

»Hört ihr wohl auf zu streiten!«, ließ sich Papa hinter seiner Zeitung vernehmen.

Ich verschwand grinsend nach oben. In Windeseile hatte ich das Bett gemacht, den Schreibtisch aufgeräumt, die herumliegenden Kleidungsstücke entweder in den Schrank oder in den Wäschekorb im Bad geworfen, Staub gewischt und die Bücher ordentlich ins Regal gestellt. Aus jahrelanger Erfahrung wusste ich, worauf mein Vater bei der samstäglichen Kontrolle achtete. Ich fand das Zimmer in diesem Zustand grässlich, aber meinen Eltern gefiel es eben besser. Es hielt dann auch dem strengen Blick meines Vaters problemlos stand und ich durfte gehen.

»Darf ich über Mittag im Stall bleiben?«, fragte ich meine Mutter noch schnell, als ich den Griff der Haustür schon in der Hand hatte. »Heute ist Arbeitsdienst und später wird dann gegrillt.«

»Fürs Mittagessen wirst du wohl eine halbe Stunde Zeit haben«, sagte Mama.

Früher hätte ich lautstark protestiert, aber seitdem ich Won Da Pie hatte, hielt ich mich zurück. Schließlich hatten meine Eltern genug Geld für mich und mein Pferd ausgegeben, da durften sie mich auch herumkommandieren, wenn es ihnen danach war. Wenigstens ab und zu.

Gerade als ich mein gesatteltes Pferd aus der Box führte, um auf den Platz zu gehen, kamen mir Alex, Isa, Nicole und Merle auf ihren Pferden entgegen. Sie wollten einen Ausritt unternehmen.

»Willst du mitkommen?«, fragte Isa mich.

»Ja, komm doch mit«, sagte auch Merle.

Ich spürte, wie ich vor Stolz ganz rot wurde. Vor ein paar Wochen hätten sie kaum »Hallo« gesagt, und nun fragten sie, ob ich mit ihnen ausreiten wollte.

»Gerne!«, antwortete ich also.

»Wir reiten aber nicht nur Schritt«, warnte Alex.

»Ich werde es schon hinkriegen.« Ich schwang mich in den Sattel, bevor Won Da Pie rückwärtsgehen konnte. Leider hatte ich vor Aufregung vergessen, den Sattelgurt festzuziehen, und rutschte mitsamt dem Sattel unter den Bauch meines Pferdes. Der Blick, den Alex und Nicole jetzt tauschten, entging mir nicht. *Das kann ja heiter werden,* schienen sie zu denken. Verlegen rückte ich den Sattel gerade und gurtete ordentlich nach. Der Braune schnappte mit angelegten Ohren nach meinem Arm. Endlich saß ich oben.

»Los geht's!«, rief Alex und wir ritten in den Wald. Es war das erste Mal seit unserem gemeinsamen Abenteuer in Frankreich, dass ich mit Won Da Pie ins Gelände ritt. Hier war es ganz anders als auf Noirmoutier! Unter dem grünen Blätterdach der Bäume war es angenehm kühl. Die Vögel sangen in den hohen Baumkronen. Eine leichte Brise ließ die Blätter rauschen. Auf Noirmoutier war im Sommer alles sonnenverbrannt und staubtrocken, außer ein paar Pinien gab es weit und breit keinen Wald, nur Salzsümpfe und Strände.

Der Hufschlag der Pferde auf dem weichen Waldboden war nur gedämpft zu hören. Das Sattelzeug knarrte, ab und zu schnaubte eines der Pferde. Meine vier Mitreiter unterhielten sich, und ich war einfach nur glücklich, in ihrer Gesellschaft sein zu dürfen. Alex schlug einen ganz anderen Weg ein als den, den ich von den wenigen Ausritten mit Herrn Kessler kannte. Wir überquerten die Straße, die am Eichwald von Neuenhain nach Schwalbach führte, und erreichten das freie Feld. Ich gurtete rasch noch einmal nach. Mittlerweile hatte ich so viel Übung, dass mir das auch im Schritt gelang und ich nicht extra dafür durchparieren musste. Wenig später gab Alex das Kommando zum Antraben. Links und rechts dehnten sich die abgeernteten Felder. Die Bauern hatten sie schon längst umgepflügt und teilweise wieder eingesät, deshalb mussten wir uns auf den Feldwegen halten. Won Da Pie blieb diszipliniert hinter Isas Pferd Heide. Ich wäre alleine niemals auf die Idee gekommen, über die Straße zu reiten, und war nun erstaunt, wie schön das Gelände in Richtung Kronberg war. Wir trabten Feldwege entlang, erreichten den Waldrand und galoppierten im leichten Sitz eine schattige Schneise zwischen hohen Bäumen hoch. Alex parierte durch, als wir den Wald verließen, wandte sein Pferd nach rechts und galoppierte wieder an. Wir anderen folgten seinem Beispiel.

Plötzlich merkte ich, dass Won Da Pie schneller wurde. Scheinbar hatte er es satt, hinter allen anderen herzulaufen. Wir ließen den Wald hinter uns zurück, und auf einmal flatterte etwas durch die Luft, direkt auf uns zu. Aus dem Augenwinkel sah ich einen Mann mit einem Schäferhund und einem Jungen, die in unsere Richtung rannten. Das war zu viel für mein Pferd! Won Da Pie machte einen heftigen Satz zur Seite. Unversehens fand ich mich auf einem frisch gepflügten Acker wieder. Die anderen bemerkten zuerst nicht, dass ich fehlte, weil ich ganz hinten geritten war. Von Ferne hörte ich den Hund bellen und den Jungen schreien. Verbissen kämpfte ich mit meinem Pferd, das aber nur störrisch den Kopf schüttelte und weiterstürmen wollte. Der Boden war schwer. Won Da Pie rutschte ein paarmal aus. Das ärgerte ihn wiederum so sehr, dass er anfing zu bocken. Die Erdklumpen flogen durch die Luft.

Plötzlich sprang etwas neben mir hoch. Mir blieb fast das Herz stehen, als ich den Schäferhund sah. Mit aufgerissenem Maul schnappte er nach Won Da Pies Beinen und bellte laut. Mir brach der Angstschweiß aus. Der bisher übermütige Galopp meines Pferdes verwandelte sich in eine panische Flucht. Ich merkte, dass ich die Kontrolle verlor. Won Da Pie schlug wieder und wieder nach dem Hund aus, der sich einfach nicht abschütteln ließ. Irgendwann musste er ihn getroffen haben, denn ich hörte ein Jaulen, gleich darauf wieder aggressives Gebell. Das alles dauerte nur Sekunden, aber es kam mir vor wie eine Ewigkeit. Won Da Pie bockte wie toll. Er warf sich nach links, ich verlor erst den einen, dann den anderen Steigbügel und schließlich flog ich in einem hohen Bogen durch die Luft.

Der Aufprall nahm mir für einen Moment den Atem. Der Schreck war mir so in die Glieder gefahren, dass ich kaum aufstehen konnte. Ich zitterte am ganzen Körper. Mein linkes Knie und meine Schulter taten höllisch weh. Benommen sah ich zu, wie Won Da Pie auf der Flucht vor dem Hund den ganzen Acker verwüstete. Der Hundebesitzer rannte über den Acker, rief und pfiff nach seinem Köter, der irgendwann mit weit heraushängender Zunge von meinem Pferd abließ. Alex bedachte den Mann mit wüsten Beschimpfungen, Isa hatte neben mir angehalten und sprang aus dem Sattel.

»Hast du dir wehgetan?«, fragte sie ehrlich erschrocken.

»Ich bin okay«, erwiderte ich mit zusammengebissenen

Zähnen und hinkte mühsam hinter meinem Pferd her. Der Mann fing endlich seinen blöden Hund ein. Won Da Pie fiel in Trab und erinnerte sich an seine Pferdekollegen. Er kam auf Heide zu und blieb schließlich neben Isas Pferd stehen. Seine Flanken pumpten, der weiße Schaum tropfte von seinem Hals. Ich ergriff seine Zügel und führte ihn auf den Feldweg.

»Das Pferd hat meinen Hund verletzt!«, rief der Mann aus sicherer Entfernung. Sein Sohn hielt das Ding in der Hand, das aus der Luft auf uns zugerauscht war und Won da Pie zum Durchgehen veranlasst hatte. Es war ein Drachen.

»Das Mädchen hätte sich das Genick brechen können, weil Sie Ihren Hund nicht unter Kontrolle haben!«, warf Alex dem Hundebesitzer zornig vor. »Wie ist Ihr Name? Das wird nämlich ein gerichtliches Nachspiel haben! Der Bauer, dem der Acker gehört, wird sich freuen, wenn er seine Rechnung an Sie schicken darf!«

Da zog es der Mann vor, den Mund zu halten. Ich kletterte mühsam wieder in den Sattel. Mein Knie tat ganz schön weh, aber ich ließ mir nichts anmerken.

»Mein lieber Mann.« Merle musterte mein Pferd mit neuem Respekt. »Der kann ja bocken!«

»Ist was passiert, Steinberg?«, fragte Alex knapp.

»Nein, nein.« Ich schüttelte den Kopf.

Nicole warf mir einen verächtlichen Blick zu.

»Wir hätten das Kind nicht mitnehmen sollen«, sagte sie zu Alex. »Jetzt müssen wir wohl bis nach Hause Schritt reiten.«

Diese blöde Ziege! Auf ihrer cremefarbenen Reithose war kein Stäubchen zu sehen und keine einzige Schweißperle verwischte ihr kunstvolles Make-up. Am liebsten hätte ich ihr eine Handvoll Erde ins Gesicht geschmiert!

Won Da Pie stand lammfromm da. Isa hatte gehört, was Nicole gesagt hatte.

»Ärgere dich nicht«, meinte sie und grinste aufmunternd. »Bei den Bocksprüngen wäre sie auch vom Pferd gefallen, wahrscheinlich noch viel eher als du.«

Ich lächelte zittrig. Der Schreck saß mir noch in den Knochen.

»Stürzen gehört dazu«, stimmte Merle Isa zu. »Wer noch nie den Sand geküsst, der ist kein richtiger Reiter.«

»Weiter geht's, Männer!«, rief Alex. Ich fasste die Zügel kürzer.

»Abteilung Galopp, marsch!«

Es wird ernst

Abgesehen von ein paar blauen Flecken war mir bei dem Sturz nichts passiert, allerdings hatte Won Da Pie bei dem wilden Galopp über den Acker ein Eisen verloren. Ich nahm ihm sein Verhalten nicht übel. Jedes andere Pferd hätte sich genauso erschreckt, wenn plötzlich ein Drachen durch die Luft geflattert und ein bellender Hund hinter ihm her gewesen wäre. Herr Kessler hatte dem Hufschmied Bescheid gegeben, dass Won Da Pie ein neues Eisen brauchte.

Der Schmied kam am Montagnachmittag und schaute sich kritisch alle vier Hufe meines Pferdes an. Er runzelte die Stirn.

»Sag mal, wann ist dein Pferd denn zum letzten Mal beschlagen worden?«, wollte er wissen.

»Ich weiß nicht«, gab ich zu. »Noch in Frankreich. Bevor er nach Deutschland gekommen ist.«

»Na, dann ist es jetzt aber höchste Zeit für einen neuen Beschlag.« Der Schmied, ein kräftiger, braun gebrannter Mann, kratzte sich nachdenklich am Kopf und schaute auf seine Uhr. »Ich hab gedacht, ich müsste nur ein Eisen draufnageln. Aber so kann man das nicht lassen.«

Er band sich eine abgewetzte Lederschürze um, sein Gehilfe holte aus dem Lieferwagen einen Amboss und Werkzeug in die Schmiedeecke. Doro und ich sahen neugierig dabei zu, wie der Hufschmied Won Da Pie ein Eisen nach dem anderen abnahm. Dann schnitt er die Hufe sauber mit einem scharfen Messer aus und bearbeitete sie mit einer Raspel.

»Du musst die Hufe besser pflegen«, sagte er zu mir. »Dein Pferd hat an beiden Hinterhufen beginnende Strahlfäule. Außerdem solltest du darauf achten, dass er regelmäßiger beschlagen wird. Ich würde sagen, spätestens alle acht Wochen.«

Das Wort »Strahlfäule« jagte mir einen Schrecken ein. Das hörte sich ja furchtbar an! Und ich hatte angenommen, ich würde mein Pferd gut pflegen!

»Aber … aber ich wasche doch jeden Tag die Hufe und fette sie ein«, stotterte ich erschrocken.

»Bisschen weniger Wasser und weniger Fett.« Der Mann wischte sich mit dem Unterarm den Schweiß von der Stirn. »Zu viel Huffett trocknet die Hufe bloß aus.«

Nun passte er Won Da Pie die neuen Hufeisen an. Sie lagen in dem kleinen Ofen, den der Schmied auf der Laderampe seines Autos stehen hatte, bis sie rot glühten. Als er sie zum Anprobieren auf den Huf drückte, qualmte es und stank bestialisch.

»Puh!«, seufzte Dorothee. »Armer Won Da Pie!«

»Was soll ich denn erst sagen?« Der Hufschmied lachte.

Er musste an einem Eisen etwas verändern. Auf dem Amboss hämmerte er auf das rot glühende Hufeisen ein. Es ließ sich so leicht verformen wie Knetgummi. Als er es diesmal auf den Huf drückte, passte es. Nun wurden die

Eisen in kaltes Wasser getaucht, wo sie mit einem Zischen abkühlten. Schließlich nagelte der Schmied eines nach dem anderen mit jeweils sechs Hufnägeln auf den Huf. Die herausragenden Nägel knipste er mit einer Zange ab. Zum Schluss musste Won Da Pie seine Hufe auf einen dreibeinigen Metallbock stellen. Die letzten Spitzen der Nägel wurden abgefeilt, dann fuhr der Schmied mit einer großen Feile rings um den Huf und war fertig. Die ganze Prozedur hatte etwa eine Stunde gedauert.

»Bist ja ein ganz Braver«, sagte der Gehilfe und tätschelte Won Da Pie den Hals.

»Sind nicht alle so?«, wollte ich wissen.

»Schön wär's.« Der Schmied zündete sich eine Zigarette an. »Es gibt Pferde, denen muss der Tierarzt vor dem Beschlagen eine Beruhigungsspritze geben. Aber deiner hier ist schon in Ordnung.«

Ich gab ihm noch unsere Adresse, für die Rechnung.

»Was wird das kosten?«, erkundigte ich mich.

»Ein Beschlag mit vier neuen Eisen kostet hundertzwanzig Euro, dazu kommt noch die Mehrwertsteuer.« Der Schmied grinste. »Aber wenn du willst, kannst du mir das Geld auch gleich bar geben, dann wird's billiger.«

In dem Moment tauchte Alex in der Schmiedeecke auf. Er hatte die letzten Worte des Hufschmieds gehört.

»Anstiftung zur Steuerhinterziehung – klare Sache«, stellte er fest. »Pass nur auf, dass dich niemand beim Finanzamt anzeigt!«

»Und du pass auf, dass dich die Polizei nicht anhält, wenn du mal wieder mit zehn Bier intus vom Altenburger Markt nach Hause fährst«, entgegnete der Schmied, der Alex zu kennen schien, mit einem Grinsen.

»Kann ich gehen?«, fragte ich vorsichtig.

»Ja, wir sind fertig.« Der Schmied zwinkerte mir zu. »Ich schicke dir die Rechnung.«

Ich brachte Won Da Pie in seine Box. Seine neuen Schuhe schienen gut zu passen, denn er rutschte auf dem nassen Beton am Abspritzplatz nicht mehr weg, wie es in den letzten Tagen öfter passiert war.

Ich musste mich beeilen, um vier Uhr begann der theoretische Unterricht bei Herrn Kessler im Kasino. Alle waren schon versammelt, als ich hereinkam. Inga saß zwischen Isa und Simon, ich stellte einen Stuhl ans Ende des Tisches.

»So«, begann der Reitlehrer in diesem Augenblick. »Nächstes Wochenende ist es also so weit. Ich hoffe, ihr habt euch alle ordentlich vorbereitet. Es gibt bei einer Reitabzeichenprüfung nichts Peinlicheres, als beim theoretischen Teil durchzufallen. Beim Reiten kann man selbst oder das Pferd einen schlechten Tag haben, aber die Theorie, die muss auf jeden Fall sitzen.« Er begann uns mit Fragen zu bombardieren.

»Ralf, was sind die sechs Gewährsmängel?«, fragte er.

»Koppen, Dummkoller, Dämpfigkeit …«, fing Ralf flüssig an, dann stockte er. »Kehlkopfpfeifen … äh …«

»Susanne?«

»Rotz und periodische Augenentzündung.«

»Und der siebte Gewährsmangel ist ein Trakehner«, flüsterte jemand. Wir kicherten.

»Sehr witzig«, sagte Ralf, dessen Stute eine Trakehnerin

war. Der Reitlehrer überhörte die Bemerkung und fuhr fort, unser Wissen abzufragen.

Was ist Mauke? Wie viele Griffelbeine hat das Pferd? Was sind Stellung und Biegung? Wie viele Zähne hat ein Wallach? Wir sahen uns verstohlen an und hofften, nicht gefragt zu werden.

»Simon?«

»Ja, also«, begann Simon. »Ein Wallach. Wie viele Zähne hat ein Wallach? Nun ja ...«

»Darauf gibt es eine klare Antwort«, sagte Herr Kessler.

»Vierzig«, tuschelte Inga vernehmlich und lächelte Simon von der Seite an.

»Danke«, erwiderte der unwirsch. »Das wusste ich auch. Mir ist es nur nicht eingefallen.«

Nach der Theoriestunde war der Reitlehrer alles andere als zufrieden mit uns.

»Ich komme mir vor wie in einer Raterunde«, sagte er ärgerlich. Auch ich hatte auf zwei seiner Fragen, die an mich gerichtet waren, keine Antwort gewusst. Er verdonnerte uns dazu, das gelbe Büchlein, das er uns empfohlen hatte, bis zum nächsten Wochenende auswendig zu lernen.

»Wer in der Theorie durchfällt, ist bei mir untendurch«, drohte er noch und wir blieben belämmert zurück, während er mit Krücken und Gipsbein davonhinkte. Da fiel mir etwas ein.

»Herr Kessler!«, rief ich und sprang auf.

»Was ist?« Der Reitlehrer blieb stehen und musterte mich ungehalten.

»Der Schmied hat eben gesagt, dass Won Da Pie Strahlfäule habe«, sagte ich. »Was kann ich dagegen tun?«

»Hättest du das gelbe Buch gelesen, wüsstest du es«, antwortete er ungnädig und ich ließ den Kopf hängen.

»Ich musste so viel für die Schule lernen«, gestand ich. »Aber bis nächste Woche kann ich jedes Wort auswendig. Das schwöre ich!«

»Na gut.« Herr Kessler schien einigermaßen besänftigt und er versprach, mir ein wirksames Mittel zu geben. Er drehte sich um und rief Isa, die sich von ihrem Hocker erhob und zu uns kam.

»Hilf Charlotte bitte, die Strahlfäule bei ihrem Pferd zu behandeln«, sagte er und Isa nickte. Wir gingen hinunter in den Stall.

»Wenn es noch nicht so schlimm ist, kann man es mit Jodoformäther oder Wasserstoffperoxid behandeln«, erklärte Isa. »Aber du musst vorsichtig damit umgehen, denn das sind Chemikalien.«

Ich nickte, obwohl ich nichts verstand und mir auch nicht vorstellen konnte, was ich tun sollte.

Wenig später wusste ich es. Isa hatte aus der verschlossenen Stallapotheke in der Sattelkammer ein braunes Glasfläschchen, Watte und eine Einwegspritze geholt und begleitete mich nun zu Won Da Pie. Ich zog meinem Pferd das Halfter über und führte es aus der Box.

Isa begutachtete beide Hinterhufe.

»Ist noch nicht so dramatisch«, beruhigte sie mich. Während ich den Hinterhuf von Won Da Pie hochhielt, zog sie mit der Spritze Wasserstoffperoxid aus der Flasche, dann spritzte sie die ätzend riechende Flüssigkeit direkt in den Strahl und drückte ein kleines Stück Watte in die von der Fäule befallene Stelle. Am anderen Hinterhuf durfte ich dasselbe tun. Es ging ganz leicht.

»Pass nur auf, dass du nichts von dem Zeug an die Kleider bekommst.« Isa grinste. »Oder an dein Pferd. Dann wird es nämlich blond. Mit Wasserstoffperoxid kann man Haare bleichen.«

»Wie oft soll ich das machen?«

»Ich schaue mir die Hufe übermorgen noch mal an«, erwiderte Isa. »Vielleicht ist es dann schon gut. Auf jeden Fall solltest du nicht so viel fetten. Das Huffett schließt die Bakterien im Huf ein.«

Ich bedankte mich für ihre Ratschläge. Es war also doch nicht ganz so schlimm, wie ich befürchtet hatte.

Doro ritt gerade Corsario auf dem Springplatz. Inga lehnte an der Umzäunung und sah ihr zu. Ich schlenderte hinüber zu ihr.

»Wenn du willst, lerne ich mit dir die Theorie«, bot sie an. »Ich kann das Buch so gut wie auswendig.«

»Oh, das wäre super«, sagte ich erfreut. Zu zweit machte Lernen mehr Spaß als alleine. Wir schauten Doro und Corsario noch eine Weile zu, dann gingen wir zu uns nach Hause, denn Inga war der Meinung, dass ich im Stall zu abgelenkt sei.

»Hast du eigentlich ein schwarzes Jackett für nächste Woche?«, erkundigte sie sich beiläufig, als wir die Auffahrt entlangliefen.

»Nein«, erwiderte ich erstaunt. »Wir hatten doch ausgemacht, dass wir schwarze Pullover anziehen. Die weiße Reithose leihe ich mir von Doro.«

»Na ja, ein Jackett macht schon mehr her«, meinte Inga. »Meine Mutter hat mir letzte Woche eins gekauft. Echt schick, sag ich dir. Und ich weiß, dass auch Simon, Annika und Dani richtige Reitjacketts haben.«

Na toll! Dann würde ich wohl die Einzige mit einem schwarzen Pullover und alten Gummireitstiefeln sein. Einen Moment lang war ich sauer. Inga hätte mir ja auch mal etwas sagen können, schließlich sahen wir uns jeden Tag in der Schule und im Stall. Aber das war typisch für sie, diese Heimlichtuerei! Ich hatte plötzlich keine Lust mehr, mit ihr Theorie zu lernen, aber mir fiel auf die Schnelle keine Ausrede ein, um sie jetzt noch abzuwimmeln.

WER TUT SO ETWAS?

Am Morgen der Reitabzeichenprüfung wachte ich um sechs Uhr auf. Ich war sofort putzmunter und blickte hinüber zu meinem Schreibtischstuhl, über dem ein nagelneues schwarzes Reitjackett und eine weiße Reithose hingen. Daneben standen die Lederreitstiefel, die zwar gebraucht waren, aber wie neu aussahen. Gestern war Mama mit mir ins Reitgeschäft gefahren und hatte beides für mich gekauft, obwohl ich kein Wort darüber verloren hatte. Meine Eltern bezahlten wahrhaftig schon genug Geld jeden Monat für die Boxenmiete und die kleinen und großen Extras, wie Hufschmied, Wurmkuren und Impfungen, da hatte ich nicht auch noch mit Turnierklamotten ankommen wollen! Aber Mama hatte gesagt, dass dies die Belohnung für meine guten Leistungen in der Schule sei. Immerhin hatte ich selbst in Mathe eine 3 geschrieben, in Deutsch, Englisch und Geschichte sogar eine 1. Ihre Befürchtung, ich würde mich durch Won Da Pie in der Schule verschlechtern, war also unnötig gewesen.

Außer dem Jackett und den Stiefeln hatte ich noch einen Plastron bekommen, eine weiße Schabracke für Won Da Pie und weiße Reithandschuhe. Bis spät in die Nacht hatte ich Theorie gepaukt und war sicher, dass ich auf jede noch so schwierige Frage der Richter die korrekte Antwort geben konnte. Ich sprang aus dem Bett, zog die weiße Bluse, die Reithose und das Jackett an. Dazu die Stiefel, die von der Vorbesitzerin schon wunderbar eingetragen waren. Dann stiefelte ich aus meinem Zimmer hinaus und betrachtete mein Spiegelbild in dem großen Spiegel vor der Tür von Phils Zimmer mit einem zufriedenen Grinsen: Ich sah aus wie ein alter Turnierhase.

»So willst du jetzt aber wohl nicht in den Stall gehen?«, sagte meine Mutter hinter mir und ich fuhr erschrocken herum. »Bis du reiten musst, ist sonst alles schmutzig.«

»Nein, natürlich nicht«, antwortete ich. »Ich wollte es nur noch mal schnell anprobieren.«

»Du hast doch gestern schon alles zehnmal an- und ausgezogen.« Meine Mutter schüttelte den Kopf und ging nach unten, um das Frühstück vorzubereiten.

Ich zog also meine schicken Turnierklamotten wieder aus, packte sie in die große Tüte des Reitsportgeschäfts und schlüpfte in Jeans und ein Sweatshirt. Um halb acht schleppte ich die Tüte hinüber in den Stall.

Falls ich geglaubt hatte, ich sei die Erste an diesem Morgen, so hatte ich mich geirrt. Die beiden Pferdepfleger Herr Schmidt und Herr Pfeffer waren schon ziemlich genervt, weil überall im Stall aufgeregte Leute herumschwirrten und ihnen im Weg standen. Ich verstaute meine Sachen im Spind und ging zu meinem Pferd. An einem Tag wie diesem war es ein eindeutiger Vorteil, eine Außenbox zu haben. Auf der Stallgasse herrschte das blanke Chaos, ich dagegen hatte in der Schmiedeecke hinter Won Da Pies Box meine Ruhe. Und die brauchte ich auch. Zwar hatte ich Isa schon oft zugesehen, wie sie ihren Pferden vor einem Turnier die Mähne eingeflochten hatte, aber in der Praxis war es dann doch sehr viel schwieriger, als es ausgesehen hatte. Ich fummelte ungeschickt an der Mähne meines Pferdes herum und war heilfroh, als Doro um neun Uhr auftauchte, um mir zu helfen. Um zehn Uhr sollte es mit der Dressur losgehen, bis dahin musste alles fertig sein.

Vorn, im Stall bei den Schulpferden, war die Hölle los. Alle schrien sich an, rissen sich gegenseitig das Putzzeug aus den Händen, irgendjemand brach in Tränen aus. Cordula war totenblass im Gesicht mit einem leichten Stich ins Grünliche. Sie sollte das Große Abzeichen machen, aber beim letzten Springtraining hatte Brutus nur noch verweigert. Klar, dass sie mit den Nerven am Ende war.

Schließlich schritt Alex energisch ein und schickte alle, die nicht mit einem Pferd beschäftigt waren, hinaus. Ich holte meine Kleider aus dem Spind und zog mich um. Im Flur vor dem Umkleideraum stieß ich beinahe mit Inga zusammen. Sie war ganz rot im Gesicht und außer Atem.

»Du hast ja doch ein Jackett!«, bemerkte sie spitz.

»Ich wollte nicht als Einzige einen Pullover tragen«, erwiderte ich.

Alex, Herr Stark und Herr Kessler kamen gerade die Treppe herunter, als ich in den Stall ging. Sie hatten mit den beiden Richtern im Kasino Kaffee getrunken und waren guter Laune. Ich blieb stehen und ließ sie an mir vorbeigehen. Der eine Richter war noch ziemlich jung und sah streng aus, der Ältere machte einen freundlicheren Eindruck.

Allmählich wurde ich nervös. Die Stallgasse war wie ausgestorben, dafür war im Kasino eine Menge los. Hinter den großen Scheiben drängten sich Eltern, Geschwister und zahlreiche andere Leute wie die Fische in einem Aquarium. Wir standen in der Reithalle in Reih und Glied, grinsten uns aufgeregt an. Herr Kessler hielt eine kleine Ansprache, dann schloss sich Herr Stark im Namen des Vorstands an und wünschte uns allen viel Erfolg. Zuerst waren die zehn Reiter, die sich um das Deutsche Reitabzeichen Klasse IV bewarben, an der Reihe, dann die sieben für das der Klasse III und zum Schluss Isa, die als Einzige das Deutsche Reitabzeichen der Klasse II machen wollte. Ich sollte mit Bille zusammen reiten, schon als zweites Paar nach Karsten und Ralf.

Als ich in die Sattelkammer ging, um mein Sattelzeug zu holen, das ich gestern Nachmittag auf Hochglanz poliert hatte, waren meine Knie vor Aufregung weich wie Gummi. Ich ergriff die Trense, hängte sie mir über die Schulter und zog den Sattelschoner vom Sattel. Zuerst glaubte ich, ich hätte mich vertan. Das war doch nicht mein Sattel! Wie betäubt starrte ich auf die hässlichen Ätzflecken im ehemals so herrlich glänzenden Leder. Ich zog den Sattel vom Halter und starrte stumm auf die Bescherung. Der Sattel war ruiniert, das war klar. Aber wie hatte das passieren können?

Reitabzeichenprüfung

»Mensch, Lotte!« Doro kam in die Sattelkammer gestürmt. »Wo bleibst du denn? Karsten und Ralf reiten schon auf dem Platz ab!«

Ich starrte meine Freundin nur an. Ihr Blick fiel auf meinen Sattel.

»Ach du Scheiße!«, stieß sie entsetzt hervor. »Was ist *das* denn?« Ich spürte, wie mir die Tränen in die Augen schossen. Doro verschwand wie der Blitz und kehrte Sekunden später mit Alex zurück.

»Das ist ja eine Sauerei!«, sagte der, als er den zerstörten Sattel sah. Er schnupperte an den großen Flecken. »Da hat jemand irgendeine Chemikalie drübergeschüttet! Das darf ja wohl nicht wahr sein!«

»Was soll ich denn jetzt machen?« Ich stand unter Schock.

»Du nimmst einen anderen Sattel«, antwortete Alex kurz entschlossen und angelte nach seinem eigenen Sattel, der auf einem Halter ganz oben an der Wand hing. »Hier, beeil dich. Ich sage den Richtern Bescheid, dass du etwas später reitest.«

»Aber … aber das ist doch ein Springsattel«, flüsterte ich. Plötzlich strömten mir die Tränen über das Gesicht.

»Du hast doch auch ein Springpferd.« Alex legte mir kurz

die Hand auf die Schulter. Seine Miene war grimmig. »Na los, Steinberg. Jetzt zeigst du's denen, und danach finden wir den Übeltäter, das verspreche ich dir!«

Die Nachricht von dem Säureattentat machte schnell die Runde. Herr Stark und Herr Kessler besichtigten den Sattel und nahmen ihn mit. Ich hatte mit Doros Hilfe Won Da Pie gesattelt und ritt ihn nun auf dem Platz ab. Wer hatte das bloß getan? Und warum?

Aus Versehen konnte es nicht passiert sein. Oder doch? Isa hatte mich vor der Wirkung von Wasserstoffperoxid gewarnt. War das Zeug vielleicht beim letzten Mal, als ich Won Da Pies Hufe behandelt hatte, mit dem Tuch, mit dem ich gestern den Sattel poliert hatte, in Berührung gekommen? Hatte ich also selbst diesen Schaden angerichtet? Ich konnte mir nicht vorstellen, dass jemand etwas so Gemeines getan haben könnte.

»Ihr seid dran!«, rief Isa Bille und mir zu.

Wir ritten nebeneinander hinüber zur Reithalle. Oliver auf Flocki und Inga auf Corsario kamen uns entgegen.

»Und?«, fragte ich.

»5,1«, erwiderte Inga und zuckte die Schultern. »Wenigstens bestanden, wenn auch knapp. Viel Glück!«

Die Tribüne in der Halle war voll und auch oben im Kasino drängten sich die Zuschauer. Mein Herz klopfte bis zum Hals. Der Sattel war zwar sehr bequem, aber ungewohnt mit den dicken Kniepauschen. Die beiden Richter saßen an einem Tisch in der Mitte der kurzen Seite, neben ihnen Herr Kessler und Merle, die das Protokoll führte.

Bille und ich durften noch zwei Minuten abreiten. Won Da Pie war gelassen, aber Arthos scheute vor den Zuschauern, dem Richtertisch und den weißen Begrenzungen des Dressurvierecks. Er warf den Kopf hoch und machte sich im Rücken fest. Arme Bille!

»Aufgabe beginnt!«, rief Gaby, die auf einem Stuhl am Rand des Dressurvierecks saß.

Ich durfte vorn reiten. Die Aufgabe kannte ich eigentlich auswendig, aber die Sache mit dem Sattel hatte mich völlig durcheinandergebracht. Ich war froh, dass Gaby die Aufgabe vorlas. Einreiten im Arbeitstrab. Im Mittelpunkt halten. Grüßen. Mitte der nächsten kurzen Seite halten. Das klappte gut. Won Da Pie stand ganz ruhig. Ich versuchte an alles zu denken, was ich üblicherweise gerne falsch machte. Absätze tief, Schultern zurück, Blick geradeaus durch die Pferdeohren. Wieder antraben, dann eine einfache Schlangenlinie. Ich warf einen kurzen Blick in den Spiegel. Eigentlich sah es ganz gut aus. Volte. Mittelschritt. Durch die ganze Bahn wechseln. Angaloppieren. Gott sei Dank, ohne Ausschlagen! In diesem Augenblick überholte Arthos mich und stürmte quer durch das Viereck. Won Da Pie spitzte die Ohren, galoppierte aber brav weiter. Zirkel, einmal herum. Bille bekam ihr Pferd wieder unter Kontrolle. Aus dem Zirkel wechseln mit einfachem Galoppwechsel. Auch das gelang einwandfrei. Arbeitstrab. Halten. Rückwärtsrichten. Dann folgte eine lange Seite Schritt, schließlich noch mal Trab. Abwenden auf die Mittellinie, im Mittelpunkt halten. Grüßen. Zügel aus der Hand kauen lassen. Fertig.

Ich war erstaunt, dass es so schnell vorbei war! Dankbar klopfte ich Won Da Pie den Hals. Er war wirklich wunderbar gegangen und hatte mir ein sicheres Gefühl gegeben. Während die Richter noch über die Noten berieten, ritten Bille und ich im Schritt in der Halle herum.

»Ich hab's nicht geschafft«, sagte Bille resigniert. »Ich weiß es. So ein Mist aber auch!«

Wir mussten zu den Richtern kommen und vor ihnen anhalten.

»Dein Ritt hat uns sehr gut gefallen«, sagte der jüngere der beiden zu mir. »Dein Pferd geht fleißig vorwärts und steht gut an den Hilfen. Du hast die Hufschlagfiguren korrekt geritten, nur beim Rückwärtsrichten ging dein Pferd ein bisschen in die Bahn. Aber sonst gab es nichts auszusetzen, deshalb halten wir eine 8,0 für gerechtfertigt.«

Ich riss überrascht die Augen auf. 8,0 – das war sensationell! Herr Kessler lächelte zufrieden und Merle hob grinsend den Daumen. Bille hatte richtig vermutet, sie hatte die Teilprüfung nicht bestanden.

»Mit dem Pferd bist du noch überfordert«, sagte der Richter und damit hatte er sicherlich recht.

»Soll ich dir was sagen«, meinte Bille, als wir aus der Halle ritten, »eigentlich bin ich ganz froh, dass ich jetzt schon durchgefallen bin. Dann muss ich mir das Springen gar nicht erst antun.«

Meine Eltern warteten vor der Reithalle, zusammen mit Billes Eltern, mit denen sie unseren Ritt vom Kasino aus verfolgt hatten. Billes Eltern waren nicht sauer. Vielleicht hatte ihr Vater jetzt auch erkannt, dass Arthos für Bille einfach zu viel war. Mama machte noch ein paar Fotos von Won Da Pie und mir. Ich erzählte meinen Eltern nichts von dem zerstörten Sattel. Das konnte bis später warten. Noch immer war ich mir nicht sicher, ob ich nicht selbst die Schuld an dem Schaden trug. Und ganz sicher wollte ich niemanden zu unrecht verdächtigen. Ich brachte Won Da Pie in seine Box, sattelte und trenste ihn ab. Doro kam angerannt.

»Hey!« Sie strahlte. »Herzlichen Glückwunsch! Du hast die beste Note beim Kleinen Abzeichen bekommen!«

Wir gingen zurück in die Halle und sahen den »Großen« beim Reiten zu. Simon und Liesbeth schafften nur ganz knapp die 5,0, Jutta erhielt mit Quick erwartungsgemäß die beste Note, nämlich auch eine 8,0.

»Logisch, dass die Privatreiter besser abschneiden«, hörte ich Simon lästern. »Mit einem Schulpferd ist man klar im Nachteil.«

Als Letzte war Isa an der Reihe. Sie ritt Natimo auf Kandare und trug keine Reitkappe, sondern einen Zylinder, wie es bei höheren Dressuraufgaben üblich ist. Ihre Vorführung war fehlerfrei und großartig, und die Richter belohnten sie mit einer Wertnote von 8,5.

Um halb zwei begann im Kasino die theoretische Prüfung. Unten, in der Reithalle, bauten Alex und Gunter, der Jugendwart des Vereins, mit ein paar anderen Männern den Springparcours auf. Ich wurde nach der Ausbildungsskala des Pferdes gefragt und konnte wie aus der Pistole geschossen antworten: »Takt, Losgelassenheit, Anlehnung,

Schwung, Geraderichtung, Versammlung. Das übergeordnete Ziel der Ausbildungsskala ist die Durchlässigkeit.«

Inga musste die Abzeichen am Kopf des Pferdes benennen. Sie war enttäuscht, dass sie nicht mehr gefragt wurde, immerhin kannte sie das gelbe Buch auswendig. Niemand von uns blieb den Richtern eine Antwort schuldig. Oliver wusste, was Kastanien sind, Karsten zählte alle Giftpflanzen auf, die für ein Pferd gefährlich sein konnten, und Isa erklärte problemlos, was der Begriff »Natürliche Schiefe« bedeutet. Zum Schluss bekam jeder eine 7,5 und hatte den theoretischen Teil der Prüfung locker bestanden.

Beim Springen war ich als Siebte von den nur noch neun Prüflingen für das Abzeichen Klasse IV an der Reihe. Der Parcours war derselbe, den wir seit Wochen geübt hatten, abgehen mussten wir ihn nicht mehr. Auf dem Platz hatte Alex einen kleinen Steilsprung und einen Oxer zum Abreiten aufgebaut. Gerade als ich Won Da Pie zum Reitplatz führte, kamen meine Eltern, begleitet von meinen drei Geschwistern, die Auffahrt hoch. Sie waren zwischendurch zum Mittagessen nach Hause gegangen. Inga sollte mit Corsario erst nach mir reiten, aber sie galoppierte schon auf dem Platz. Ihre und auch Doros Eltern waren da und schauten zu. Doro stand neben den beiden Probesprüngen und baute für Inga zuerst ein kleines Kreuz aus den Stangen des Steilsprungs. Ich setzte einen Fuß in den Steigbügel und schwang mich in den Sattel. Inga bolzte Corsario beide Schenkel in den Bauch und zog dem Schimmel ein paarmal die Gerte über die Flanke.

»Das Mistvieh geht überhaupt nicht vorwärts!«, beschwerte sie sich. Sie war knallrot im Gesicht und zerrte an den Zügeln.

»Lass ihn doch einfach galoppieren«, riet Doro ihr. »Reite ihn ein paar Runden im leichten Sitz um den Platz.«

»Ich weiß schon, was ich tue!«, schnauzte Inga aufgebracht. Ich ritt im Schritt zur anderen Seite des großen Reitplatzes.

Inga war nur drei Mal die Springstunde mitgeritten, und Herr Kessler hatte ihr erst nicht gestatten wollen, das Abzeichen zu machen, aber sie hatte den Reitlehrer so lange genervt, bis er nachgegeben hatte.

Endlich gelang es ihr, Corsario über den kleinen Kreuzsprung zu reiten. Beim zweiten Mal sprang er zu früh los, Inga geriet hinter die Bewegung und krachte dem Schimmel nach dem Hindernis unsanft in den Rücken. Daraufhin legte Corsario, der schon klatschnass geschwitzt war, an Tempo zu. Beim nächsten Mal kam er zu nah an das kleine Hindernis und schraubte sich wie ein Hubschrauber in die Luft, um nicht die Stange zu berühren. Doro warf mir einen verzweifelten Blick zu. Mit zusammengebissenen Zähnen jagte Inga um den Platz und in halsbrecherischer Geschwindigkeit auf den Oxer zu. Corsario stoppte im letzten Moment, sprang dann doch noch los und landete mitten in dem Hindernis. Die Stangen zerbrachen unter seinen Hufen wie Streichhölzer. Durch das Krachen aufgeschreckt, kam Alex aus der Halle geschossen. Inga riss an den Zügeln und bolzte mit den Schenkeln, die anderen Reiter hatten sich in die Ecken des Platzes verzogen. Alex erfasste die Situation mit einem Blick.

»Hör sofort damit auf!«, herrschte er Inga an.

»Und wie soll ich das blöde Vieh über den Parcours kriegen?«, schrie sie zurück.

»Am besten steigst du ab und lässt das Reiten sein«, erwiderte Alex kühl und ohne auf Ingas Eltern zu achten, die betretene Gesichter machten. »Eine solche Schau hier abzuziehen, ist ja wohl das Allerletzte! Lass die Zügel lang und reite Schritt!« Inga gehorchte wütend.

Alex blieb auf dem Platz und gab uns noch Anweisungen mit auf den Weg. Zuerst war Karsten mit Douglas an der Reihe. Er schaffte eine 6,3. Oliver hatte mit Farina einen Fehler, aber das spielte bei der Abzeichenprüfung, anders als bei einem Turnier, keine Rolle. Er bekam eine 6,7.

Endlich war ich an der Reihe. Won Da Pie spitzte die Ohren und blickte sich neugierig in der Halle um. Er begann zu tänzeln. Ich hielt vor den Richtern an und grüßte.

»Der Parcours ist frei«, sagte der ältere Richter. Ich holte noch einmal tief Luft und ließ mein Pferd angaloppieren. Won Da Pie schlug zweimal aus, dann ging es los. Auch dieses Mal hatte er Spaß am Springen, das merkte ich! Mit Riesensätzen flog er über die verhältnismäßig niedrigen Hindernisse, aber mir gelang es ganz gut, nicht hinter die Bewegung zu geraten. Viel schwieriger war es, ihn vor Hindernis Nummer 5 zum Trab durchzuparieren, wie das bei einem Parcours mit Standardanforderungen sein muss. Nach dem sechsten Hindernis schlug er wieder aus, und da geschah es! Ich verlor den rechten Steigbügel! Es war keine Zeit, um lange nach dem Bügel zu angeln, auch wenn das sicher einen dicken Abzug bei der Note geben würde.

Bei Nicolas im Sommer war ich häufig ohne Bügel gesprungen, es machte mir nichts aus. Ohne zu zögern lenkte ich Won Da Pie in die Kombination und überwand die letzten vier Sprünge problemlos mit nur einem Steigbügel. Ich parierte durch und sah, was geschehen war: Der Steigbügelriemen war gerissen. Zum Beweis hielt ich das lädierte Stück hoch.

»Na, das scheint ja nicht dein Tag zu sein, was Sättel betrifft«, sagte der jüngere Richter trocken. »Aber du bist auch ohne Bügel genauso locker weitergeritten wie vorher. Dein Pferd ist ja nicht gerade einfach. Es hat ein paarmal gebuckelt, trotzdem hast du ihn gut einfangen und durchparieren können und hast insgesamt einen sehr flüssigen, rhythmischen Ritt gezeigt. Das war eine 8,5!«

Ich strahlte über das ganze Gesicht und klopfte Won Da Pie ausgiebig den Hals. Inga ritt mit starrem Blick an mir vorbei in die Halle.

»Viel Glück«, sagte ich zu ihr, aber sie blickte mich nicht einmal an. Ich ließ mich aus dem Sattel gleiten, schnallte den Sattelgurt locker und bat Bille, Won Da Pie kurz festzuhalten. Ingas Ritt wollte ich mir nicht entgehen lassen. Doro rückte an der Bande ein Stück zur Seite.

»Wie lief es draußen?«, erkundigte ich mich leise.

»Alex hat ihr verboten, noch einen Sprung zu machen«, raunte Doro mir zu. »Jetzt bin ich mal gespannt!«

»Ach, schau an«, sagte der jüngere Richter gerade zu Inga. »Ist das nicht der gute alte Corsario von Tim Dieckmann?«

»Doch, das ist er«, erwiderte Inga.

»Dann kann ja nichts schiefgehen.« Der Richter lächelte.

»Der Parcours ist frei!«

Inga galoppierte an. Und nun zeigte Corsario, wie sehr sie ihm unrecht getan hatte. Er war ein erfahrenes Springpferd und wusste, wann es ernst wurde. Mit gespitzten Ohren überwand er Hindernis um Hindernis, ließ sich auch nicht aus der Ruhe bringen, als Inga zweimal hinter die Bewegung geriet. Als sie fertig war, strahlte sie über das ganze Gesicht und klopfte dem Schimmel den Hals.

»Du musst noch sicherer werden«, beurteilte der Richter. »Aber das war ein ganz ordentlicher Ritt. Wir geben dir eine 6,5.«

»Glückwunsch!«, riefen Doro und ich Inga zu, als sie aus der Halle geritten kam. Damit hatten wir alle beide das Abzeichen bestanden. Inga saß ab und umarmte den Schimmel.

»Entschuldige bitte«, sagte sie zu dem Pferd. »Ich war echt gemein zu dir.«

»Gut, dass du das erkannt hast«, sagte Alex, der just in diesem Moment neben dem letzten Reiter an uns vorbeiging.

Won Da Pie zeigt, was er kann

Als ich mein Pferd versorgt hatte und den Stall betrat, um zu meinen Eltern hoch ins Kasino zu gehen, herrschte helle Aufregung. Isa saß auf einem Strohballen vor der Box von Heide und war in Tränen aufgelöst. Gaby und Merle standen mit ratlosen Mienen daneben.

»Was ist denn passiert?«, erkundigte ich mich.

»Isa kann mit Heide nicht springen«, sagte Merle. »Sie hat sich verletzt.«

»Wer? Isa?« Ich riss die Augen auf.

»Quatsch.« Gaby wies auf die braune Stute in der Box. »Heide hat ein dickes Bein. Als Isa sie eben rausholen wollte, hat sie es gesehen. Das rechte Hinterbein ist total dick und heiß.«

»Ich kann sie unmöglich reiten«, schluchzte Isa. »Und Natimo ist in seinem ganzen Leben nicht höher als fünfzig Zentimeter gesprungen.«

Es tat mir wirklich leid, Isa so am Boden zerstört zu sehen. Beinahe schämte ich mich, weil ich so glücklich war nach meinem guten Ritt.

»Es wäre doch zu schade, wenn du nach deiner tollen Dressur jetzt nicht weitermachst«, sagte Merle zu ihrer Freundin.

»Ich muss einen L-Parcours springen.« Isa wischte sich die Tränen vom Gesicht. »Das schafft keins von den Schulpferden.«

»So was Blödes!«, sagte Gaby. »Ausgerechnet heute muss das passieren!«

Da kam mir eine Idee. Mein Pferd hatte nach dem Springen kein einziges nasses Haar gehabt und gebuckelt hatte er auch noch. Es würde ihm sicherlich nichts ausmachen, noch einmal geritten zu werden. Manche Schulpferde mussten heute zwei Mal Dressur und zwei Mal Springen gehen!

»Ich muss Herrn Kessler sagen, dass ich nicht reiten kann«, sagte Isa düster und stand von dem Strohballen auf.

»Isa, du könntest doch Won Da Pie reiten«, schlug ich vor.

»Was?« Sie starrte mich aus geröteten Augen an.

»Er kann das ganz sicher«, redete ich weiter. »Ich meine, ich bin bei Alex in der Springstunde mit ihm schon viel höher gesprungen.«

»Würdest du mir wirklich dein Pferd leihen?«, fragte Isa ungläubig. »Das wäre natürlich … oh Mann, das wäre super!« Sie konnte wieder lächeln. Wir liefen los, um Herrn Kessler zu suchen. Der Reitlehrer befand sich in der Halle. Gerade war Simon an der Reihe mit Parcoursspringen. Und diesmal zeigte Liesbeth, dass an ihr ein Springpferd verloren gegangen war. Für seinen fehlerfreien Ritt bekam Simon eine 7,2. Herr Kessler kam mit uns in den Stall und begutachtete Heides Bein.

»Du musst deine Eltern fragen, ob sie einverstanden sind, dass Isa euer Pferd reitet«, sagte Herr Kessler zu mir.

»Mach ich«, erwiderte ich aufgeregt und sauste davon. Papa kam auch sofort mit in den Stall, nachdem ich ihm geschildert hatte, was mit Isas Pferd geschehen war.

»Meinen Sie, dass das funktioniert? Das Mädchen hat Won Da Pie doch vorher noch nie geritten«, fragte mein Vater den Reitlehrer zweifelnd.

»Isabell ist die beste Reiterin im Stall«, entgegnete Herr Kessler. »Und Won Da Pie ist ehrlich gesagt das einzige Pferd, dem ich einen L-Parcours zutraue.«

»Wenn Charlotte es angeboten hat, bin ich auch einverstanden«, sagte mein Vater. »Immerhin ist Won Da Pie ihr Pferd.«

Ich grinste Isa an, und die fiel mir um den Hals. Gemeinsam liefen wir hinaus zu meinem Pferd.

»Ach ja«, fiel mir ein. »Du brauchst einen anderen Bügelriemen. Der von Alex' Sattel ist mir vorhin im Parcours gerissen.«

Es war ein seltsames Gefühl, jemand anderes auf meinem Pferd sitzen zu sehen. Ganz kurz hatte ich Bedenken gehabt, Won Da Pie könnte Isa genauso abwerfen, wie er es mit Thierry vor ein paar Monaten getan hatte. Aber meine Sorge war unbegründet. Isa ritt Won Da Pie auf dem Reitplatz ab und es klappte sehr gut. Ich folgte ihr in die Halle, in der man den Parcours in der Zwischenzeit umgebaut hatte.

»Toi, toi, toi«, sagte ich zu Isa und ging auf die Tribüne. Doro schlüpfte durch die Tür und quetschte sich atemlos neben mich.

»Ich hab gerade erst gehört, was passiert ist«, sagte sie. »Find ich voll klasse von dir, dass du ihr Won Da Pie leihst.«

Auch alle anderen reckten den Hals und tuschelten, als Isa mit meinem Pferd durch die Bahn trabte und vor den Richtern zum Grüßen durchparierte.

»Das ist doch Charlottes Pferd, oder?«

»Ja, das ist Won Da Pie. Aber wieso reitet Isa ihn?«

Ich spürte, wie mein Herz klopfte. Meine Handflächen waren vor Aufregung schweißnass. Ich war viel nervöser als eben vor meinem eigenen Ritt.

Es wurde mucksmäuschenstill, als Isa angaloppierte. Die Sprünge waren nun bis zu einem Meter zwanzig hoch, das waren schon ganz ordentliche Hindernisse!

»Bitte, Won Da Pie«, murmelte ich. »Benimm dich gut und spring ordentlich!«

»Mach mal Platz, Steinberg.« Alex tauchte neben mir auf und ich quetschte mich noch enger an Doro. Den ersten Sprung hatten Isa und Won Da Pie geschafft. Er hatte die Ohren gespitzt und galoppierte ruhiger als vorhin mit mir. Das schien eine Höhe zu sein, die er ernst nahm. Ich merkte, wie ich – ohne es zu wollen – bei jedem Sprung mein Bein hochriss.

»Hey, pass doch auf!«, fuhr Simon mich an, weil ich ihn aus Versehen getreten hatte.

»'tschuldige.« Ich wandte meinen Blick nicht vom Parcours. Triplebarre, ein Steilsprung, die Kombination aus der Ecke heraus. Schon waren sie drüber! Jetzt nur noch ein Steilsprung und der abschließende Oxer. Lauter Beifall brach auf der Tribüne los, als Isa und Won Da Pie den Parcours fehlerfrei absolviert hatten. Isa ließ die Zügel lang und klopfte meinem Pferd mit beiden Händen den Hals. Ich grinste genauso breit wie sie.

»Eine hervorragende Leistung!«, war die Beurteilung der Richter.

»Gerade wenn man bedenkt, dass die Reiterin zum ersten Mal auf diesem Pferd gesessen hat! Ein gleichmäßiger, flüssiger Ritt mit einer gut einwirkenden Reiterin. Unsere Wertnote für dieses Paar: 8,0!«

»Was hätte denn noch besser sein können?«, fragte Simon. »Wieso geben die ihr keine 10,0?«

Alex bedachte Simon mit einem kurzen Blick, dann klopfte er mir auf die Schulter. Inzwischen war Isa aus der Halle gekommen. Ich gab meinem Pferd ein Stück Zucker als Belohnung. Isa weinte wieder, diesmal aber vor Freude und Erleichterung.

»Wenn ich so ein Pferd hätte«, sagte Isa, nachdem sie mich umarmt hatte, »dann würde ich auch sofort mit Springen anfangen! Er ist einfach spitze!«

Lauter Geheimnisse

Herr Kessler und der Vorstand des Vereins nahmen das, was mit meinem Sattel geschehen war, sehr ernst. Sie erklärten sich sofort bereit, den Schaden über die Haftpflichtversicherung abzuwickeln, und man legte mir aus der Vereinskasse das Geld für einen neuen Sattel vor. Ich erzählte Herrn Kessler von meiner Befürchtung, ich selbst hätte möglicherweise aus Achtlosigkeit den Sattel beschädigt, aber davon wollte der Reitlehrer nichts wissen.

»Wir haben den Sattel einem Sachverständigen gezeigt«, sagte er zu mir. »Jemand muss eine ganze Flasche Wasserstoffperoxid über das Leder gegossen habe. Und tatsächlich ist die Flasche, die sich in der Stallapotheke befunden hat, verschwunden.«

»Ach.« Das wusste ich gar nicht.

»Das hat jemand mit voller Absicht getan«, fuhr der Reitlehrer fort. »Wir werden alles dransetzen, herauszufinden, wer das war. Denn bei so etwas hört der Spaß auf. Das ist kein Scherz mehr.«

Ich hatte lange darüber nachgedacht, wer wohl dahinterstecken konnte, aber weder mir, noch Doro oder Inga war jemand eingefallen, dem wir eine solche Tat zugetraut hätten. Wir vermuteten, dass mein Sattel nur aus Versehen

Opfer des Anschlages geworden war und der Täter es eigentlich auf den Sattel von Alex, der direkt über meinem hing, abgesehen hatte. Aber das sagte ich Herrn Kessler nicht.

Doro und ich unternahmen einen ersten gemeinsamen Ausritt. Wir verbrachten während der Herbstferien jede freie Minute im Stall bei unseren Pferden. Als ich eines Tages Won Da Pie in der Schmiedeecke putzte, hörte ich durch das geöffnete Deckenfenster der Sattelkammer die Stimmen von Herrn Stark und Alex.

»... sein Vertrag läuft am 31. Dezember aus«, hörte ich Herrn Stark sagen. »Und er will ihn nicht verlängern. Nach drei Jahren wolle er sich beruflich verändern, hat er gestern auf der Vorstandssitzung gesagt. Er hat ein Angebot aus Warendorf, das ihn sehr reizt. Aber es ist nicht so einfach, so bald einen geeigneten Nachfolger zu finden.«

»Ich kann höchtens etwas aushelfen«, antwortete Alex. »Mehr ist nicht drin.«

Es war mir fast ein bisschen peinlich, sie zu belauschen. Aber die interessantesten Neuigkeiten bekam man eben nicht am Schwarzen Brett zu lesen. Ich ließ Striegel und Kardätsche sinken, stellte mich direkt unter das kleine Fenster zur Sattelkammer und sperrte die Ohren auf.

»Ich will im nächsten Jahr das zweite Staatsexamen machen«, fuhr Alex fort. »Ein paar Reitstunden geben ist sicherlich kein Problem, aber ein paar Monate lang ... nein, das geht nicht. Außerdem würde auch die Hälfte der Schulreiter wegbleiben, wenn sie hören, dass ich hier in Zukunft Reitunterricht gebe.« Er lachte. Und ich kapierte. Es ging um Herrn Kessler! In der letzten Zeit hatte es gelegentlich

Gerüchte gegeben, er würde den Verein verlassen. Offensichtlich entsprach das der Wahrheit.

Diese Neuigkeit ließ für mich zwar nicht unbedingt die Welt zusammenbrechen, aber ich würde es bedauern, wenn Herr Kessler wegging, denn er war wirklich ein prima Reitlehrer. Zwar war sein Unterricht längst nicht so anspruchsvoll und abwechslungsreich wie der von Alex oder Nicolas, aber Herr Kessler hatte viel Geduld, gerade mit Anfängern. Außerdem schikanierte er niemanden mit der Zuteilung der Schulpferde, wie Alex das zu gern tat.

Wenn man partout nicht mit einem der Schulpferde zurechtkam, musste man es bei Herrn Kessler nicht reiten. Alex dagegen teilte einem mit Absicht immer genau das Pferd zu, das man nicht mochte. Er hatte einfach Spaß daran, die Leute zu ärgern.

»Wir werden die Stelle ausschreiben«, sagte Herr Stark nun. »Vielleicht lässt Herr Kessler sich dazu überreden, noch etwas länger zu bleiben, falls wir nicht bis Ende des Jahres einen geeigneten Nachfolger finden.«

Sie verließen die Sattelkammer, und ich fuhr fort, mein Pferd zu putzen. Das war echt schade! Herr Kessler und der Reitstall, die gehörten zusammen, seitdem ich mich erinnern konnte. Irgendwie würde etwas fehlen, wenn der Reitlehrer nicht mehr da war. Ich hörte Absätze klacken, Sekunden später tauchte Alex in der Schmiedeecke auf. Sein Pferd stand in einer der vier Außenboxen.

»Na, Steinberg.« Sein Blick wanderte argwöhnisch von mir zu dem kleinen Fenster und zurück. »Hast du gelauscht?«

Er wartete meine Antwort nicht ab, öffnete die Boxentür und holte seinen Fuchswallach heraus. Ich brachte Won Da Pie eilig in seine Box und machte mich auf die Suche nach den anderen. Karsten und Oliver waren auch da, ihre Fahrräder standen neben der Einzelbox, die zurzeit nicht belegt war. Ich fand sie im Stall. Nicole putzte ihre Rappstute Natascha, und die beiden hockten neben ihr auf einem Strohballen und himmelten sie an.

»Kommt ihr mit, eine Cola trinken?«, fragte ich die beiden Jungs.

»Nee«, erwiderte Karsten, ohne den Blick von Nicole zu wenden. Die sah wieder aus, als wäre sie gerade vom Laufsteg einer Modenschau gestiegen. Der rote Kaschmirpullover passte farblich zu ihren Fingernägeln, die blonden Haare hatte sie hochgesteckt. Ihre beigefarbene Reithose war makellos sauber, die Lederreitstiefel glänzten. Irgendwie gelang es Nicole immer, hübsch und gepflegt auszusehen. »Adrett«, wie meine Oma so etwas nannte. Nicole streifte mich mit einem kurzen Blick und zog die Augenbrauen hoch. Sofort fühlte ich mich schlampig und plump. Mein Sweatshirt und die Jeans waren übersät mit Flecken und Strohhalmen; meinen Pony, den ich vor drei Tagen mit einer Nagelschere selbst geschnitten hatte, war schief und ich hatte einen fiesen Pickel im Mundwinkel.

»Wir haben gerade schon was getrunken«, sagte Oliver.

Normalerweise waren die beiden echt vernünftige Kumpel. Aber sie waren eben Jungs und als solche manchmal unausstehlich, wenn sie zum Beispiel ihre Machoanfälle und wir Weiber von nichts eine Ahnung hatten. Ich drehte mich um und ging wieder. Sollten sie die blöde Nicole doch weiter anschmachten, dann würden sie die Neuigkeit über Herrn Kessler eben nicht erfahren!

Ich traf Doro und Inga vor der Reithalle. Natürlich erzählte ich ihnen sofort brühwarm, was ich vorhin belauscht hatte. Wir vereinbarten, niemandem davon zu erzählen, aber die Ohren offen zu halten.

Nicole kam mit ihrem Pferd aus dem Stall, treulich gefolgt von Oliver und Karsten.

»Halt mir doch bitte mal gegen«, gurrte sie, und beide Jungs hechteten sofort auf die rechte Seite des Pferdes und grapschten nach dem Steigbügel.

Alex kam vom Platz geritten, als Nicole sich im Sattel zurechtsetzte. »Da bist du ja endlich«, sagte er, dann warf er den Jungs einen kurzen Blick zu. »So, ihr dürft jetzt wieder mit den kleinen Mädchen spielen. Husch, husch!«

Doro, Inga und ich kicherten. Oliver und Karsten setzten gekränkte Mienen auf und blickten sehnsüchtig hinter ihrer Herzdame her, die mit Alex in den Wald ritt, ohne die beiden auch nur noch eines Blickes zu würdigen.

»Kommt«, sagte Doro zu Inga und mir. »Lasst uns ins Kasino gehen und was trinken.«

»Wir kommen mit«, sagte Oliver.

»Ach!« Ich warf ihm einen spöttischen Blick zu. »Ich dachte, ihr hättet gerade erst was getrunken.«

Im Stall dröhnte das verstaubte Uralt-Kofferradio von Herrn Schmidt. Herr Kessler sagte dem Pferdepfleger immer wieder, er solle das Gerät nicht so laut stellen, aber

Herr Schmidt behauptete, er könne mit Musik doppelt so schnell arbeiten als ohne. Wir fanden das eigentlich auch okay, wenn Herr Schmidt nur nicht immer einen grausigen Volksmusiksender eingestellt hätte. Im Vorbeigehen drehte Oliver an einem der Knöpfe, bis er einen gescheiten Sender gefunden hatte. Das tat er öfter, nur um den Pferdepfleger zu ärgern. Und auch diesmal dauerte es nur Bruchteile von Sekunden, bis Herr Schmidt angeschossen kam. Er war ein übellauniger, drahtiger Giftzwerg, dem die komplette obere Zahnreihe fehlte. Sommers wie winters trug er einen speckigen Jeansanzug, von dem wir annahmen, dass er auch darin schlief.

Gelegentlich gab es Beschwerden über ihn und sein ungepflegtes Äußeres, aber Herr Kessler nahm ihn regelmäßig in Schutz. Trotz allem war der Pferdepfleger zuverlässig.

»Ich hab dir schon hundert Mal gesagt, du sollst deine Pfoten von meinem Radio lassen«, pflaumte er Oliver an. »Das nächste Mal stech' ich dir die Mistgabel in den Arsch!«

»Hoffentlich vertragen Sie das Echo«, erwiderte Oliver furchtlos. Ich verdrückte mich in den Hintergrund. Herr Schmidt war mir unheimlich, und auch wenn ich wusste, dass er seinen schrecklichen Drohungen niemals Taten folgen ließ, ging ich ihm lieber aus dem Weg.

Er drehte an den Knöpfen des Radios und regte sich furchtbar auf, als er seinen Lieblingssender nicht mehr fand. Wir anderen grinsten, nur Inga, die hin und wieder einen sozialen Tick hatte, verspürte Mitleid.

»Warten Sie, Herr Schmidt«, sagte sie, »ich helfe Ihnen!«

»Hände weg von meinem Radio!«, zeterte das Männlein

erbost. Aber Inga wollte unbedingt etwas Gutes tun und ließ sich nicht beirren.

»Ich sagte: Hände weg!«, regte sich der Pferdepfleger auf und versuchte, Inga zur Seite zu drängen. »Weg jetzt, du dicke Kuh!«

In dem Moment dröhnte das Kufsteinlied durch die Stallgasse, und Herr Schmidt war auf der Stelle besänftigt.

»Bitte sehr.« Inga lächelte mild, trotz der Beleidigung. Wir anderen lachten Tränen.

»Er ist nur so giftig, weil er einsam ist«, erklärte sie uns.

»Er ist einsam, weil er ein alter schmutziger Giftzwerg ist«, berichtigte Karsten sie.

»Du kannst ihm ja ein bisschen Gesellschaft leisten«, schlug Oliver vor. »Ich kann mir genau vorstellen, wie du ihn aus seinem Jeansanzug pellst und ihm saubere Unterhosen anziehst. Oder am besten steckst du ihn mitsamt seinem Anzug in die Waschmaschine bei 95 Grad.«

»Und vielleicht findest du ja sogar sein Gebiss, wenn du seine verstunkene Bude putzt«, spottete Karsten. Wir grölten vor Lachen, aber Inga ließ sich nicht aus dem Konzept bringen.

»Es kann jedem von uns so ergehen«, predigte sie uns, wie die Vorsitzende der Heilsarmee. »Ein Schicksalsschlag – und man wird zum Trinker. Herr Schmidt hatte sich sein Leben ganz sicher anders vorgestellt. Er war auch einmal ein ganz normaler Mensch mit Wünschen und Träumen.«

Darüber mussten wir noch mehr lachen.

»Ihr seid wirklich das Allerletzte«, tadelte Inga uns scharf. »Ich finde es total schlimm, dass ihr euch über andere Menschen, denen es nicht so gut geht wie euch, lustig macht.«

Manchmal konnte sie eine echte Moraltante sein. Während Inga sich noch mit Oliver und Karsten herumstritt, betrat ein junger Mann in Reithosen und Reitstiefeln die Stallgasse auf der anderen Seite.

»Guten Tag«, sagte er nur, als er an uns vorbeiging. Wir blickten ihm nach. Fremde im Stall weckten immer unsere Neugier.

»Wer war das denn?«, wollte Doro wissen.

»Vielleicht der neue Reitlehrer«, flüsterte ich leise, aber Oliver hatte Ohren wie ein Luchs.

»Neuer Reitlehrer?«, fragte er neugierig. »Wie kommt ihr auf so was?«

»Das sagen wir euch nicht«, erwiderte ich. »Als ich es euch eben erzählen wollte, musstet ihr ja die schöne Nicole anschmachten.« Ich ahmte einen hechelnden Hund nach und Doro kicherte.

»Komm, jetzt sei nicht albern.« Karsten tat cool. »Die Nicole ist doch 'ne Zicke.«

»Ach, auf einmal!«, amüsierte Doro sich. Inga lehnte mit verschränkten Armen an der Wand und schmollte, weil wir sie nicht im Kampf für die Menschenrechte des sozial benachteiligten Pferdepflegers unterstützt hatten.

»Okay«, sagte ich dann. »Das kostet euch aber was. Cola und Schokoriegel für uns alle drei.«

»Das ist zwar Erpressung, aber meinetwegen«, stimmte Oliver zu. Oben im Kasino setzten wir uns nicht wie üblich an den Tresen, obwohl das nachmittags unser Stammplatz war, sondern verzogen uns an den runden Tisch in der Ecke. Ich erzählte den Jungs haarklein von dem belauschten Gespräch.

»Das ist total ätzend«, meinte Oliver. »Wer weiß, was da für einer kommt.«

Wir fünf hatten alle bei Herrn Kessler mit dem Reiten begonnen. Es würde ganz schön ungewohnt sein, einen anderen Reitlehrer zu haben.

»Kann man nichts dran ändern.« Karsten zuckte die Schultern.

»Wir sollten uns auf jeden Fall ein Abschiedsgeschenk für ihn ausdenken«, sagte Inga eifrig.

»Ja, super«, stimmte Oliver zu. »Du kannst ihm ja einen Schal häkeln.«

»So einen, wie du meinem Bruder letztes Jahr geschenkt hast«, fügte Karsten hinzu. Inga wurde knallrot im Gesicht. Doro und ich starrten unsere Freundin sprachlos an. Sie hatte uns nie gesagt, dass sie für Simon Orthmann einen Schal gehäkelt und ihm geschenkt hatte. Warum sie daraus ein Geheimnis gemacht hatte, war uns sofort klar. Das war übelste Einschleimerei!

»Du hast Simon einen *Schal* gehäkelt?«, vergewisserte Doro sich ungläubig.

»Na und?«, entgegnete Inga schnippisch. »Netten Menschen mache ich gerne ein Geschenk.«

Wir waren fassungslos. Da sprang Inga auf.

»Ihr seid echt blöd!«, schrie sie und rannte davon. Die Tür des Kasinos knallte hinter ihr zu, sodass die Glasscheibe in der Türfassung erzitterte.

»Nanu?« Herr Boshof, der Pächter, tauchte aus dem Räumchen hinter dem Tresen auf. »Was war das denn? Ein Erdbeben?«

Wir vier sahen uns an und begannen wieder zu lachen. Wir lachten, bis uns die Tränen über das Gesicht liefen und wir Seitenstechen bekamen.

»Ein Schal!«, japste Doro. »Ich kann's nicht fassen!«

Miss Pickel

Einige Wochen später kam Gunter, der Jugendwart des Reitvereins, mit einer Rolle unter dem Arm die Stallgasse entlang. Der Herbst hatte mit aller Macht Einzug gehalten und draußen nieselte es, deshalb saßen wir auf ein paar Strohballen vor Corsarios Box. Gunter entrollte ein Plakat und pinnte es ans Schwarze Brett.

»Wahlen zum Jugendvorstand am Samstag, dem 4. November, ab 14:00 Uhr. Wir bitten um zahlreiches Erscheinen aller jugendlichen Vereinsmitglieder bis achtzehn Jahre.«

Der Bad Sodener Reitverein war ein großer Verein mit langer Tradition. Vor vielen Jahren war er der erste Verein gewesen, der eine Reithalle besessen hatte, und die Turniere, die früher auf dem jetzigen Gelände des Kreiskrankenhauses abgehalten worden waren, waren legendär. Neben dem geschäftsführenden Vorstand, der aus einem Ersten und Zweiten Vorsitzenden, dem Kassenwart, einem Schriftführer, dem Jugendwart und zwei Beisitzern bestand, gab es auch einen Jugendvorstand.

»Was muss denn so ein Jugendvorstand machen?«, erkundigte sich Inga bei Gunter.

»Gibt's da Geld für?«, fragten Karsten und Oliver wie aus einem Mund.

»Nein, es gibt kein Geld«, antwortete der Jugendwart und das Interesse der Jungs erlosch augenblicklich. »Vorstandsarbeit ist ehrenamtlich. Der Jugendvorstand vertritt die Interessen der jugendlichen Vereinsmitglieder. Davon haben wir immerhin beinahe hundertzwanzig.«

»Wie bitte?«, staunte ich. »Wo sind die denn alle?«

»Es gibt viele, die irgendwann einmal in den Verein eingetreten sind, aber mittlerweile nicht mehr reiten. Und dann sind da noch die Voltigierkinder. Viermal im Jahr gibt's eine Jugendvorstandssitzung, bei der besprochen wird, was anliegt.«

»Aha.« Doro und ich wechselten einen Blick. Das hörte sich doch echt ganz interessant an!

»Vorschläge zur Wahl könnt ihr in den Vereinsbriefkasten werfen«, sagte Gunter, und dann verriet er noch, dass es nach der Wahl im Kasino Würstchen und Kartoffelsalat geben sollte. Quasi als kleinen Anreiz für die Jugendlichen.

»Essen könnte ich jetzt schon was.« Karsten rieb sich den Magen. »Ich könnte grad ein ganzes Schwein vertilgen!«

Seitdem er für einen Roller sparte, leistete er sich keine Pommes oder Süßigkeiten mehr im Kasino. Oliver und er schufteten dreimal die Woche in einer Getränkehandlung und trugen das Wochenblättchen aus, um ihr Taschengeld aufzubessern. Ihr Traum war ein ganz bestimmtes Roller-modell, über das sie stundenlang reden konnten. Als Gunter verschwunden war, begannen Oliver und Karsten wieder damit, die Vorzüge ihres Traumrollers herunterzubeten. Doro rollte die Augen und zog Inga und mich mit.

»Ist ja nicht auszuhalten, dieses Gequatsche«, sagte sie. »Motorroller, Formel 1 und Fußball, grässlich!«

Gerade als wir aus der Stalltür traten, kam Herr Friedrichs mit seiner dunkelbraunen Stute Be Fair aus dem Wald. Er war selbstständiger Fotograf und deshalb gelegentlich auch tagsüber im Stall, wenn die meisten Erwachsenen arbeiteten.

»Hört mal, Mädels«, sagte er zu Doro, Inga und mir, während er seiner Stute die Beine abspritzte. »Ich suche für einen Fotoauftrag ein Mädchen oder einen Jungen in eurem Alter mit einem sympathischen Gesicht und ein paar schönen Pickeln.«

Er lachte, als er unsere verblüfften Gesichter sah.

»Hört sich komisch an, ich weiß«, gab er zu. »Mein Auftraggeber braucht Fotos für einen medizinischen Bericht über eine neue Aknesalbe.« Er drehte den Schlauch ab.

»Es gibt hundert Euro oder ein Sachgeschenk vom Kunden meines Auftraggebers.«

»Hundert Euro?«, wiederholten wir drei wie aus einem Mund.

»Wie wär's denn mit mir?«, fragte ich und wurde etwas rot dabei. Herr Friedrich betrachtete mich mit kritischem Fotografenblick.

»Na ja«, sagte er dann. »Mit der richtigen Beleuchtung müsste das klappen.«

»Und was ist mit uns?« Doro und Inga wollten sich natürlich auch auf die Schnelle hundert Euro verdienen.

»Ich fürchte, bei euch ist nichts zu machen.« Herr Friedrich lachte und nahm seine Stute am Zügel. »Charlotte, frag deine Eltern, ob sie einverstanden sind. Dann können wir nächste Woche bei mir im Atelier die Fotos machen.«

In dem Augenblick kamen Karsten und Oliver aus dem Stall. Doro platzte sofort mit der Neuigkeit heraus, obwohl es mir ein bisschen peinlich war. Eigentlich beneidete ich meine Freundin um ihre makellose Haut.

»Wieso hat er mich nicht gefragt?«, empörte sich Karsten. »Ich hab doch auch so viele schöne Pickel!«

»Er sucht eben jemanden mit einem *sympathischen* Gesicht«, erinnerte ich ihn und prustete los vor Lachen. Karsten war beleidigt. Er hielt sich doch für so schön, genau wie sein Bruder Simon.

»Find ich echt das Letzte, dass du aus deinen Pickeln noch Kohle machst«, sagte er eingeschnappt.

»Vielleicht wirst du das bekannteste Pickelmodel der Welt«, spottete Oliver gutmütig. »Miss Clearasil!«

»Genau!« Karsten konnte auch wieder lachen. »Ich sehe die Schlagzeile schon vor mir: Miss Clearasil startete ihre einzigartige Karriere im Reitstall! Lesen Sie mehr über die schönsten Pickel zwischen Misthaufen und Huffett!«

»Ihr seid ja bloß neidisch«, grinste ich. »Colakästen schleppen und Zeitungen austragen – wie primitiv!«

»Hundert Euro«, sinnierte Karsten. »Das wäre schon ein Siebtel von meinem Roller ...«

Mein Blick fiel auf Inga, die gar nichts mehr gesagt hatte.

»Also, ich würde mich für hundert Euro nicht extrahässlich machen«, sagte sie spitz.

»Müsstest du ja auch gar nicht«, entgegnete Oliver.

»Wie hast du das denn jetzt gemeint?«, fuhr Inga wütend auf. Oliver grinste nur. »Vielleicht sucht Herr Friedrichs bald ein Model für Mode für Mollige«, setzte er nach. Inga schossen die Tränen in die Augen. Sie war nicht wirklich dick, aber dadurch, dass sie nicht so groß war wie Doro oder ich, wirkte sie immer etwas pummelig. Ihre Figur war ihr wundester Punkt, und nun machte ausgerechnet ein Junge einen solch gemeinen Scherz!

Die Jungs lachten lauthals, und auch Doro und ich mussten kichern. Wir waren Freunde und das alles war nicht böse gemeint, so auch die Witze über meine Pickel nicht. Aber Inga war zutiefst verletzt. Ihr ganzer Zorn richtete sich jedoch nicht etwa gegen Oliver, sondern zu meiner Überraschung gegen mich.

»Ja, lach nur!«, zischte sie mich an, obwohl ich gar nichts gesagt hatte. »Du musst dich immer in den Vordergrund drängen!«

Ich starrte Inga verblüfft an.

»Dabei hatte *ich* die Idee mit dem Erinnerungsfotoalbum für Herrn Kessler, nicht du!«

Mir verschlug es für ein paar Sekunden die Sprache.

»Aber das habe ich auch nie behauptet«, erwiderte ich dann.

»Du läufst doch durch den Stall und fragst jeden wegen Fotos«, warf Inga mir vor. »Und du hast ein Fotoalbum gekauft!«

Das war total lächerlich! Ja, ich hatte ein Fotoalbum besorgt, als ich das letzte Mal mit meiner Mutter einkaufen war. Aber ich hatte nicht gedacht, dass es Inga dermaßen ärgern würde.

»Und du lässt dich als die große Springreiterin feiern«, stieß sie nun hervor. »Schleimst dich bei Alex ein und bei Isa! Dabei hätte ich ihr fürs Reitabzeichen auch Corsario geliehen!«

Ich war wie vor den Kopf gestoßen. Das war Wochen her und nie mehr ein Thema gewesen!

»Aber … aber das stimmt doch alles gar nicht!«, stotterte ich, bestürzt über diese ungerechten Vorwürfe.

»Klar! Du glaubst, du wärst was Besseres! Schon immer!«, warf sie mir gehässig vor. »Dein verhungerter Franzosenklepper mit seinem riesigen, hässlichen Schädel kann Corsario nicht das Wasser reichen! Corsario ist das beste Springpferd hier im Stall! Weißt du, wie viele M-Springen er schon gewonnen hat?«

Allmählich erholte ich mich von meinem Schock über ihre Bösartigkeit und wurde auch wütend.

»Ich schätze, jede Menge«, erwiderte ich nun mindestens genauso gehässig. »Er weiß ja schon gar nicht mehr, welches Bein ihm am meistens wehtut.«

Inga lief rot an. Ich hatte recht. Seitdem Alex in der für Herrn Kessler so verhängnisvollen Reitstunde bemerkt hatte, dass Corsario lahmte, war der Schimmel immer wieder für ein paar Tage lahm gegangen. Er hatte vom Tierarzt sogar Spritzen bekommen, und Doro hatte mir anvertraut, dass er oft stolpern würde.

»Was weißt du schon!«, schnaubte Inga. »Mit deinem dürren Vieh gewinnst du keinen Blumentopf!«

»Abwarten, meine Liebe«, entgegnete ich. »Won Da Pie ist erst sechs Jahre alt. Er hat noch alles vor sich. Corsario ist fünfzehn.«

»Du bist eine eingebildete, arrogante Ziege!«, schrie Inga und der Zorn verzerrte ihr Gesicht.

Dieser Vorwurf war so ungerecht, dass ich empört nach Luft schnappte. »Und du bist hinterhältig und neidisch!«, konterte ich.

»Auf was sollte ich wohl neidisch sein?« Inga lachte herablassend. »Vielleicht auf deine Pickel?«

»Nee, aber vielleicht darauf, dass ich nicht heimlich Schals häkeln muss, damit mich jemand leiden kann«, erwiderte ich. Oliver und Karsten brüllten vor Lachen. Das war zu viel für Inga. Mit einem Wutschrei stürzte sie sich auf mich, aber Oliver erwischte sie am Arm und hielt sie fest. Sie schleuderte herum, es krachte, und die Naht ihrer Reithose war geplatzt.

»He, Miss Pummel«, sagte er, »keine Schlägerei mit Miss Pickel in der Öffentlichkeit!«

Darüber lachten Karsten und er noch mehr, sie konnten sich kaum noch halten. Inga riss sich los. Sie bebte vor Wut.

»Weißt du, wie teuer diese Reithose war, du Idiot?«, fuhr sie Oliver an. »Die kannst du mir bezahlen!«

»Beruhig dich, Miss Pummel«, entgegnete Oliver unbeeindruckt. »Du bist doch gut in Handarbeit. Das kannst du sicher nähen.«

»Ihr werdet alle noch euer blaues Wunder erleben!«, kreischte Inga und verschwand wutentbrannt im Stall. Sekunden später hörten wir Alex schreien.

»Oh, ich glaube, Miss Pummel hat gerade Alex platt gewalzt«, sagte Karsten. Da mussten Doro und ich ebenfalls grinsen, obwohl wir beide von Ingas Wutausbruch ziemlich schockiert waren.

Alex kam aus der Stalltür und blieb neben uns stehen. »Was ist hier los?«, fragte er argwöhnisch.

»Miss Pummel und Miss Pickel sind aneinandergeraten.« Oliver japste vor Lachen und lehnte sich gegen die Wand der Reithalle.

»Um ein Haar hätte es eine wüste Schlägerei gegeben«, ergänzte Karsten.

Alex blickte verständnislos von einem zum anderen. »Redet ihr von der kleinen Dicken mit dem lahmen Schimmel, die gerade die Putzkästen auf der Stallgasse zerstampft hat?«, fragte er, und da war es auch bei Doro und mir vorbei mit der Beherrschung. Wir schüttelten uns vor Lachen, bis uns die Tränen kamen.

Alex stemmte die Hände in die Seiten, warf uns noch einen letzten misstrauischen Blick zu und ging kopfschüttelnd zurück in den Stall.

»Es tut mir leid, was ich über Corsario gesagt habe«, entschuldigte ich mich bei Doro, als wir uns einigermaßen beruhigt hatten. »Ich hatte ganz vergessen, dass er ja auch dein Pferd ist.«

»Schon gut«, erwiderte meine Freundin. »Es ist leider etwas Wahres dran. Mein Vater meint, der Vorbesitzer hat uns betrogen.«

»Kommt, Mädels«, sagte Karsten nun. »Wir laden euch auf eine Cola ins Kasino ein.«

»Kannst du dir das überhaupt leisten?«, fragte ich ihn.

»Es tut weh«, gab Karsten zu und stieß einen Seufzer aus, »aber ich werde es verschmerzen können. Viel tragischer ist es für mich, dass du schönere Pickel hast als ich.«

VÖLLIG LAHM!

Doro und ich saßen auf der Tribüne und sahen bei einer Reitstunde zu, an der Inga mit Corsario teilnahm. Die Stunde hatte gerade erst angefangen, aber Inga hatte schon jetzt die größte Mühe, den Schimmel im Schritt vorwärtszureiten.

»Er ist seit ein paar Tagen irgendwie komisch«, sagte Doro zu mir. »Gestern ist er mindestens zehn Mal gestolpert.«

»Vielleicht ist er müde«, antwortete ich.

»Wovon denn?« Meine Freundin schüttelte den Kopf. »Wir machen doch kaum was mit ihm.«

»Dann hat er wahrscheinlich zu wenig Kondition.«

Alex ließ die Reiter eine Abteilung bilden und antraben.

»Stopp!«, schrie er schon nach ein paar Sekunden. »Abteilung halt!«

Mit großen Schritten marschierte er auf Inga zu.

»Das gucke ich mir nicht an«, dröhnte er. »Merkst du nicht, dass dein Pferd stocklahm ist? Wie kommst du dazu, mit einem lahmen Pferd in die Reitstunde zu kommen?«

Doro und ich blickten uns schockiert an. Stocklahm? Inga hatte es dann auch die Sprache verschlagen, sie war mindestens so erschrocken wie wir.

Alex senkte seine Stimme um ein paar Dezibel. »Du solltest einen Tierarzt nach dem Pferd schauen lassen«, sagte er und bückte sich, um nach Corsarios Vorderbein zu sehen.

»Aber es wird nach ein paar Minuten immer besser«, wandte Inga ein.

»Das ist ein ganz schlechtes Zeichen«, erwiderte Alex. »Steig ab und bring das Pferd in den Stall.«

In einem Anfall von Großherzigkeit fügte er hinzu, er kenne einen guten Tierarzt, der auf Lahmheiten spezialisiert sei, und werde sich gleich nach der Reitstunde um dessen Telefonnummer bemühen. Doro hielt die Bandentür auf, wir folgten Inga und Corsario in den Stall. Inga war in Tränen aufgelöst.

»Dieser Alex ist so ein fieser Mistkerl«, heulte sie. »Er hat mich einfach aus der Reitstunde geworfen. Das sage ich meinem Vater! So was lasse ich mir nicht gefallen!«

»Aber Corsario hat doch wirklich gelahmt«, wandte Doro ein.

Da explodierte Inga und ihr Zorn über Alex entlud sich gegen Doro. »Du hältst auch noch zu ihm!«, schrie sie. »Was bist denn du für eine Freundin? Herr Dieckmann hat uns doch gesagt, dass Corsario eben so läuft, wie er läuft. Er ist ja schon fünfzehn!«

»Davon weiß ich aber nichts«, entgegnete Doro scharf. »Das hat er dir vielleicht gesagt, mir nicht. Und ich hab kein gutes Gefühl, ein Pferd zu reiten, das Schmerzen hat.«

»Schmerzen, pah!«, rief Inga. »Er springt doch super! Das würde er wohl kaum tun, wenn er Schmerzen hätte.«

Ich sah Inga ungläubig an. Selbst ich, als ziemlicher Laie, hatte eben gesehen, dass Corsario gelahmt hatte. Und das machte er ja nicht, um Inga zu ärgern, sondern weil ihm etwas wehtat.

»Ich finde, wir sollten auf jeden Fall einen Tierarzt rufen.«

Doro nahm Inga die Zügel von Corsario, der geduldig in der Stallgasse stand, aus der Hand und führte den Schimmel in seine Box.

Sogar Ingas und Doros Eltern waren da, als am nächsten Nachmittag der Tierarzt kam, den Alex empfohlen hatte. Doro führte Corsario aus dem Stall und Inga stand mit grimmiger Miene neben ihren Eltern.

Der Tierarzt war ein sehr erfahrener Mann. Er besaß eine eigene Pferdeklinik im Taunus und betreute die Pferde der deutschen Nationalmannschaft der Dressurreiter. Herr Kessler kannte Dr. Feldmann auch sehr gut und hatte ihn gestern angerufen.

»Führe ihn mal im Schritt die Auffahrt runter«, sagte der Tierarzt zu Doro. Ich schaute nur aus der Ferne zu, denn ich wollte nicht, dass Inga mir unterstellte, ich sei schadenfroh. Das war ich nicht. Corsario tat mir leid.

Doro musste mit dem Pferd in der Auffahrt hin und her traben, dann nahm der Tierarzt das linke Vorderbein hoch und zog es bis unter den Bauch.

»Wieso macht er das?«, fragte ich Isa, die neben mir stand.

»Das nennt man Beugeprobe«, erklärte sie mir. »Der Tierarzt überdehnt damit die Zehe. Wenn das Pferd danach lostrabt und lahm geht, dann ist das ein Zeichen für Hufrolle.«

»Was ist das denn?«

Ich musste feststellen, dass ich trotz aller Theorie keine Ahnung hatte, welche Krankheiten ein Pferd bekommen konnte. Aber Isa war eine geduldige Lehrerin.

»Eigentlich heißt das Hufrollenentzündung«, sagte sie. »Dabei sind entweder das Gelenk zwischen Hufbein, Kronbein und Strahlbein oder der Hufrollenschleimbeutel entzündet. Diese Entzündung verursacht dem Pferd beim Auftreten Schmerzen und kann den Knorpel zerstören und so zu Veränderungen am Knochen führen. Leider haben das viele ältere Pferde.«

In dem Moment ließ der Tierarzt Corsarios Bein los und Doro zog den Schimmel im Trab hinter sich her. Die Lahmheit war sogar für mich deutlich zu sehen.

»Oje«, sagte ich.

»Das sieht nicht gut aus«, bestätigte Isa.

Nachdem der Tierarzt Corsarios rechtes Vorderbein mit demselben Ergebnis gebeugt hatte, gab er dem Schimmel eine Spritze direkt in das Gelenk des linken Vorderbeins.

»Leitungsanästhesie«, erklärte Isa. »Die Betäubung wirkt in ein paar Minuten. Wenn Corsario dann lahmfrei ist, ist das quasi die Bestätigung für eine Hufrollenentzündung.«

Und tatsächlich: Zehn Minuten später trabte Corsario an der Longe auf einem engen Zirkel auf dem Pflaster des Hofes ohne eine Spur der Lahmheit. Ich sah, wie Dr. Feldmann mit Doros und Ingas Eltern sprach. Doro brachte das Pferd zurück in den Stall, ich folgte ihr.

»Und?«, fragte ich.

»Hufrollenentzündung«, sagte meine Freundin düster. »Wenn wir ganz sichergehen wollen, kann Dr. Feldmann ihn in seiner Klinik röntgen, aber auch so hat er wohl keine Zweifel. Man könnte Corsario operieren, das nennt man Nervenschnitt, und Corsario hätte dann keine Schmerzen mehr. Aber die Hufrollenentzündung bleibt. Man kann nie mehr mit ihm springen oder ihn richtig reiten. Außerdem ist es dann nicht ganz ungefährlich, weil er kein Gefühl mehr im Huf hat und öfter stolpern kann.«

»Oh, scheiße«, sagte ich mit ehrlicher Anteilnahme.

»Mein Vater meint, dass der frühere Besitzer das genau gewusst und Corsario aus diesem Grund an uns verkauft hat.«

»Aber er ging doch die ganze Zeit einwandfrei«, wandte ich ein.

»Nicht wirklich.« Doro streichelte dem Schimmel traurig die Nase. »Er ist oft gestolpert und war beim Reiten faul, weil es ihm wehtut zu laufen. Das sind alles Anzeichen für eine Hufrollenentzündung.«

»Wie gemein«, sagte ich betroffen. »Der arme Corsario!«

»Betrug ist das, meint mein Vater. Er ist stinksauer.«

In dem Augenblick kam Inga die Stallgasse entlang. Als sie mich bei ihrem Pferd stehen sah, verfinsterte sich ihr Gesicht noch ein wenig mehr.

»Jetzt kannst du dich ja freuen«, giftete sie mich an.

Ich erwiderte nichts und wandte mich ab. Das war mir echt zu blöd.

Draußen standen Doros und Ingas Eltern noch immer mit dem Tierarzt zusammen und berieten, was mit dem Pferd geschehen sollte. Ich schaute noch einmal nach Won Da Pie, dann trottete ich nachdenklich nach Hause.

Eine halbe Stunde später klingelte Doro an unserer Haustür. Wir verdrückten uns auf mein Zimmer.

»Meine Eltern wollen Corsario nicht operieren lassen«, sagte meine Freundin niedergeschlagen. »Dr. Feldmann hat gesagt, es gibt auch noch die Möglichkeit, diese Sache mit Spritzen zu behandeln. Aber mein Vater hat eben den Vorbesitzer angerufen und verlangt, dass er Corsario zurücknimmt.«

»Und?«, fragte ich.

»Er hat sofort gesagt, dass er das macht. Aber das Geld kann er uns nicht zurückgeben. Wir sollen uns stattdessen bei ihm ein anderes Pferd aussuchen.«

»Und?«, wiederholte ich.

»Mein Vater hat gesagt, er würde sich nicht ein zweites Mal von ihm betrügen lassen und dass er genau gewusst habe, wie krank Corsario ist. Das war total peinlich!«

Das fand ich nicht. Doros Vater hatte recht. Ich würde einem Mann, der mir ein krankes Pferd verkauft hat, auch nicht mehr über den Weg trauen.

Die Koppel in Italien

Draußen regnete es, und so nutzten wir die Gelegenheit, unser Sattelzeug auf Vordermann zu bringen.

Ich mochte den Geruch von Sattelseife und Metallpolitur. Mittlerweile bereitete es mir auch keine Mühe mehr, eine Trense auseinanderzunehmen und wieder richtig zusammenzuschnallen. Der Vorfall mit meinem Sattel war längst nicht mehr Hauptgesprächsthema, dennoch hatte dieser heimtückische Anschlag die Atmosphäre im Stall nachhaltig vergiftet. Jeder konnte es gewesen sein, und das Misstrauen, das jeder gegen jeden hegte, hatte Konsequenzen. Die Sattelkammer war nun meistens abgeschlossen. Wer etwas holen wollte, musste Herrn Kessler oder einen der Pferdepfleger um den Schlüssel bitten. Das war ärgerlich und zeitraubend.

Ich hängte meine Trense an den Trensenhalter und betrachtete zufrieden mein Werk.

»Wenn man doch bloß herausfinden würde, wer das mit deinem Sattel gemacht hat«, sagte Doro in diesem Moment, als habe sie meine Gedanken gelesen. »Dann wäre hier wieder alles normal. Es nervt echt, dass man dauernd irgendwen suchen muss, um in die Sattelkammer zu kommen.«

Zum hundertsten Mal überlegten wir, wer am Tag des Reitabzeichens allein in der Sattelkammer gewesen sein könnte. Aber wie in den neunundneunzig Malen zuvor kamen wir nur zu dem Schluss, dass beinahe jedes aktive Mitglied des Reitvereins an jenem Tag im Stall gewesen war, entweder als Reiter oder als Helfer.

»Ich glaube immer noch, dass es meinen Sattel aus Zufall erwischt hat«, sagte ich und räumte das Lederputzzeug in meine Putzkiste. »Das war nicht persönlich gemeint.«

Das wollte ich auf jeden Fall gerne glauben. Die Vorstellung, dass es im Stall jemanden gab, der mich genug hasste, um mir so etwas anzutun, war für mich unerträglich. Gerade als Doro zu einer Antwort ansetzte, klingelte das Stalltelefon auf dem Schreibtisch. Da Herr Kessler Reitstunde gab und behindert durch seinen Gips und die Krücken nicht so schnell ans Telefon gehen konnte, nahm Dorothee den Hörer ab.

»Reitverein Bad Soden«, meldete sie sich. Ich drückte neugierig auf die Lautsprechertaste. Der Anrufer wollte Herrn Kessler sprechen.

»Der gibt gerade Reitstunde«, teilte ihm Doro mit. »Soll ich ihm was ausrichten?«

»Sag ihm, ich schaff's heute nicht mehr, den Gaul zu holen«, erwiderte der Mann am anderen Ende der Leitung. »Morgen früh gegen acht bin ich da. Wäre gut, wenn der Gaul dann so weit wäre. Hast du das verstanden?«

»Nicht wirklich«, entgegnete meine Freundin spitz. »Gäule gibt es hier im Stall nicht.«

»Dann eben das Pferd. Okay?«

»Vielleicht könnten Sie mir noch mal Ihren Namen sagen und Ihre Telefonnummer.« Ich musste grinsen.

»Mein Name ist Brucker. Kessler hat meine Nummer.«

»Aha, ja. Hm. Und um welches Pferd geht es? Nur für den Fall, dass ich vergesse, was ich ausrichten soll.«

Jetzt stellte Doro sich mit Absicht dämlich.

»So viele achtzehnjährige Stuten gibt es bei euch im Schulbetrieb wohl nicht«, sagte der Anrufer. »Hast du's mitgeschrieben?«

»Ich kann gar nicht schreiben«, erwiderte Doro ironisch. »Ich bin ja gerade erst fünf geworden.«

»Verarschen kann ich mich selber«, sagte der Mann und legte auf.

»Was für ein Depp!« Doro knallte den Hörer auf die Gabel.

»Es gibt nur eine achtzehnjährige Stute«, überlegte ich. »Und das ist Arabella.«

»Sag bloß, der Kessler will sie diesem Idioten verkaufen!« Doro war empört.

»Hm. Hat fast so geklungen, oder?«

Arabella war – abgesehen von Sporty – das älteste und bravste Schulpferd im Stall, der unbestrittene Liebling aller unerfahrenen und unsicheren Reiter. Die braune Stute kannte alle Kommandos des Reitlehrers auswendig und gehorchte automatisch. Für erfahrene Reiter war sie deshalb langweilig, aber die sanfte Arabella hatte den größten Fanclub von allen Schulpferden, wurde verwöhnt und geputzt. Keiner der Pferdepfleger musste ihr lahmes Bein behandeln, das hatten die Arabella-Fans übernommen.

»Aber Arabella geht doch seit Wochen lahm. Wer kauft denn die noch?«

Wir schlossen die Tür der Sattelkammer ab und gingen in die Reithalle.

»Da war ein Herr Brucker am Telefon«, verkündete Doro dem Reitlehrer. »Er hat gesagt, er würde es heute nicht mehr schaffen und wäre dann morgen früh gegen acht Uhr hier. Und dann soll das Pferd fertig sein.«

Diese Nachricht schien Herrn Kessler nicht zu gefallen. Er blickte auf die Uhr und zog eine ärgerliche Miene.

»Wird Arabella verkauft?«, wagte ich zu fragen. Der Reitlehrer gab mir keine Antwort, steckte den Sattelkammerschlüssel ein und wandte sich wieder ab, um sich um seine Reitschüler zu kümmern. Das war für mich eine Bestätigung unserer Annahme. Arabella sollte tatsächlich verkauft werden! Es würde mindestens zwanzig Leuten im Stall das Herz brechen, wenn das Pferd morgen einfach verschwunden war.

»Das ist ja ein Ding.« Doro schüttelte den Kopf. »Wie können sie denn nur das älteste und treueste Schulpferd verkaufen?«

»Wahrscheinlich, weil sie alt ist und kein Geld mehr einbringt«, vermutete ich. Oben im Kasino ging das Licht an. Ein Zeichen dafür, dass Herr Boshof gekommen war. Im Stall war nichts los. Wir blieben auf dem Weg ins Kasino kurz vor der Box stehen, in der Arabella seit ein paar Wochen untergebracht war. Zufällig genau neben Corsario. Die Stute, die normalerweise in der ersten Box direkt neben der Tür zur Sattelkammer stand, hatte das Hinterbein entlastet und kaute zufrieden ihr Heu. Sie ahnte nicht, dass heute wohl ihr letzter Tag in diesem Stall sein würde.

»Arme Arabella«, sagte ich. »Wer weiß, wo sie dann hinkommt.«

Wir verließen den Stall, gingen die Treppe hinauf und betraten das Kasino. Dort setzten wir uns an einen Tisch direkt am Fenster. Herr Boshof brachte jedem von uns eine Cola, und ich blätterte in einer alten Ausgabe der Reiter Revue, die auf dem Nachbartisch gelegen hatte. Die Tür ging auf, Susanne und Annika kamen herein und setzten sich zu uns. Ich las die Verkaufsanzeigen im hinteren Teil der Pferdezeitung und plötzlich sprang mir eine Anzeige geradewegs ins Auge.

»Oh Gott!«, stieß ich hervor.

»Was ist denn?«, wollte Doro wissen.

Ich schob ihr die Zeitschrift hin und tippte mit dem Zeigefinger auf die Anzeige.

»*Pferdemetzgerei Brucker.*« Sie wurde blass und blickte entsetzt auf. »Das kann ja wohl nicht wahr sein!«

»Was habt ihr denn?«, erkundigte sich Susanne neugierig. Doro erzählte den beiden brühwarm von dem unhöflichen Anrufer und Herrn Kesslers seltsamer Reaktion auf meine Frage, ob Arabella verkauft werden sollte.

»Der Typ war ein Pferdemetzger!«, schloss sie empört. »Die wollen Arabella schlachten lassen!«

Susanne und Annika waren für ein paar Sekunden fassungslos.

»Seid ihr ganz sicher?«, vergewisserte Susanne sich.

Wir nickten.

»Morgen früh um acht soll sie abgeholt werden«, sagte Doro.

»Die arme alte Arabella bekommt nicht mal ihr Gnadenbrot!«

»Nur weil sie kein Geld mehr einbringt«, ergänzte ich.

»Ich muss sofort Dani anrufen!« Susanne zog ihr Handy heraus. Dani war Arabellas erste Pflegerin, und das seit vielen Jahren. Ihr würde es einen Schock versetzen, wenn sie morgen feststellen musste, dass ihr Lieblingspferd bei Nacht und Nebel vom Pferdemetzger geholt worden war. Ich konnte das nachfühlen. War es mir mit Gento nicht ähnlich ergangen? Unfassbar, dass Herr Kessler so kaltblütig sein sollte!

Susanne kehrte mit entschlossener Miene zurück. »Dani ruft Frau Uhde und Frau Dr. Mönnig an«, verkündete sie. »Wir lassen nicht zu, dass sie Arabella einfach ...« Ihr kam das grässliche Wort nicht über die Lippen.

»... ermorden«, ergänzte Annika an ihrer Stelle düster. »Wahrscheinlich behauptet der Kessler, Arabella würde auch nach Italien auf die Koppel kommen.« Sie schnaubte. »Da kommt sie vielleicht wirklich hin. Aber nicht auf die Koppel, sondern in die Salami!«

Ich blickte sie schockiert an, und plötzlich dämmerte mir, was tatsächlich mit Kilma, Kim und Bimbo geschehen war. Herr Kessler hatte uns immer dann, wenn eines der alten Schulpferde über Nacht verschwunden war, die Geschichte von Italien und der Koppel erzählt. Uns hatte der Gedanke getröstet, dass der Verein seinen treuen alten

Schulpferden noch ein paar schöne Jahre unter südlicher Sonne gegönnt hatte. Jetzt begriff ich, dass das nichts als eine Lüge gewesen war.

Eine halbe Stunde später saß der halbe Arabella-Fanclub um den Tisch herum. Frau Uhde und Frau Dr. Mönning waren da, genauso wie Dani, Simon, Cordula, Isa, Gaby und einige andere. Es herrschte Krisenstimmung im Kasino. Doro wiederholte noch einmal, was der Mann am Telefon gesagt hatte und wie Herr Kessler auf die Nachricht reagiert hatte.

»Rein rechtlich gesehen«, meinte Frau Dr. Mönning, die Rechtsanwältin war, »kann man nichts unternehmen. Arabella gehört dem Reitverein, und wenn der Vorstand beschließt, dass sie zum Schlachter soll, dann geht das niemanden etwas an.«

»Aber moralisch gesehen ist es eine Sauerei!«, tönte Simon. »Wir sollten Geld sammeln und Arabella kaufen.«

»Genau!«, pflichtete Dani ihm bei. »Und dann bringen wir sie auf einen Gnadenhof, wo sie noch ein paar schöne Jahre leben kann.«

»Sie wird keine schönen Jahre mehr haben«, mischte sich Frau Uhde ein. Sie hatte erst als Erwachsene mit dem Reiten begonnen und mochte Arabella sehr gern.

»Warum nicht?«, wollte ich wissen.

»Weil es für ein Pferd nicht schön ist, wenn es permanent Schmerzen hat«, erwiderte Frau Uhde pragmatisch. »Pferde können sich ja nicht hinlegen, wenn ihnen die Beine wehtun. Ich fürchte, wir müssen die Entscheidung von Herrn Kessler akzeptieren.«

Ein kollektiver Protestschrei war die Antwort. Alle begannen durcheinanderzureden. Ich verschaffte mir mühsam Gehör.

»Was hat Arabella denn eigentlich?«, fragte ich in die Runde.

»Hufrolle«, erwiderte Frau Uhde traurig. »Im fortgeschrittenen Stadium. Und da ist nichts mehr zu machen. Das sagt auch der Tierarzt.«

Doro und ich wechselten einen raschen Blick.

»Aber Dr. Feldmann hat gesagt, man könnte das mit Spritzen auch wieder hinbekommen«, wandte meine Freundin ein.

»Mit den Spritzen wird ein Pferd für eine gewisse Zeit schmerzfrei laufen können«, zerstörte Frau Uhde jede Hoffnung. »Aber gesund wird es dadurch ganz sicher nicht.«

»Nur der Tierarzt verdient noch eine Weile Geld«, ergänzte Frau Dr. Mönning. »Für ein Pferd mit Schmerzen ist es wirklich das Beste, wenn es von seinem Leiden erlöst wird. Glaubt es mir.«

»Wir sollten uns von Arabella verabschieden«, sagte Frau Uhde und in ihren Augen blinkte es verdächtig. Mochte es auch noch so vernünftig sein, was sie da sagte, sie war eine Pferdenärrin wie wir alle und der Abschied fiel ihr schwer.

Ein böser Verdacht

Inga ging mir in der Schule aus dem Weg, und auch im Reitstall tat sie so, als ob ich Luft sei. Sie nahm es uns übel, dass wir ihr nichts von Arabella erzählt hatten und sie erst erfahren hatte, was los war, nachdem der Pferdemetzger die Stute abgeholt hatte und ein neues Schulpferd, ein junger Grauschimmelwallach, in Arabellas Box stand. Darüber hinaus strafte Inga auch Oliver und Karsten mit Missachtung und steckte im Stall nur mit den Älteren zusammen. Mir war das ganz recht, denn ich war noch immer ziemlich geschockt von Ingas Ausbruch. Auch Doro konnte sich nicht erklären, weshalb sie so auf mich losgegangen war.

Mittlerweile hatte Herr Friedrichs die Pickelfotos von mir gemacht und ich hatte dafür tatsächlich hundert Euro bekommen. Nachdem ich eine ganze Weile überlegt hatte, was ich mit dem Geld anfangen sollte, hatte ich mich schließlich dafür entschieden, ein Handy zu kaufen. Meine Eltern waren einverstanden und Mama war mit mir ins Einkaufszentrum gefahren, wo ich für mein Geld ein absolut cooles Smartphone kaufte, dazu eine Prepaidkarte, die ich selbst aufladen konnte.

Fast jeder im Stall und aus meiner Clique besaß ein Handy; ich war so ziemlich die Einzige ohne gewesen, aber ich hatte auch nicht wirklich eins gebraucht, doch dafür war meins nun das coolste. Ich konnte theoretisch damit im Internet surfen und E-Mails empfangen und senden, wobei meine Eltern ein paar Sperren aktiviert hatten. Am besten gefiel mir, dass ich Fotos und sogar Videos aufnehmen und zu Hause auf den Computer laden konnte.

Am kommenden Freitag sollten die Wahlen für den Jugendvorstand stattfinden. Doro und ich hatten uns beide beworben, ebenso Inga, Cordula, Beate, Simon, Jutta, Susanne, Annika und Dani. Nach der Schule erwischte ich gerade noch den Bus um Viertel nach zwölf. Bille saß irgendwo in der Mitte, und als sie mich sah, winkte sie wild. Ich quetschte mich zwischen den anderen Schülern durch, die wie die Ölsardinen aneinandergedrängt im Gang des Schulbusses standen. Endlich hatte ich Bille erreicht.

»Hey, Lotte.« Sie kramte in ihrem Ranzen und zog die neueste Ausgabe der *Reiter Revue* hervor. »Ich wollte es dir schon in der Pause zeigen, aber da habe ich dich nirgendwo gesehen.«

Sie blätterte eine Seite auf und deutete auf eine Anzeige. »Schau mal, was ich gefunden habe!«

»Alteingesessener Reitverein im Rhein-Main-Gebiet mit Privatpferden und gut gehendem Schulbetrieb sucht zum 1. Januar Reitlehrer/-in FN mit Erfahrung in Unterrichtserteilung …« Ich überflog den Text der Stellenanzeige. *»Interessenten wenden sich bitte mit aussagekräftigem Lebenslauf an den RFV Bad Soden.«*

»Sie haben offiziell noch nichts davon gesagt«, empörte sich Bille.

»Alles heimlich, still und leise, genau wie das mit Arabella!«

»Auf jeden Fall wissen wir jetzt, dass wir das Abschiedsalbum nicht umsonst machen«, erwiderte ich. Aber irgendwie war das schon ein Ding! Herr Kessler ließ sich nichts anmerken und auch die Herren vom Vorstand taten ganz so, als sei alles in bester Ordnung.

»Ich bin mal gespannt, was da für einer kommt.« Bille verstaute das Heft, das eigentlich ihrem Vater gehörte, wieder in ihrem Ranzen. »Schlimmer als Alex kann ein Neuer ja kaum werden.«

Ich fand Alex gar nicht mehr so übel, aber das sagte ich nicht laut. Bille hatte spätestens seit der misslungenen Reitabzeichenprüfung ein echtes Trauma, was ihn betraf.

Der Bus legte sich rasant in eine Kurve und ich musste mich mit beiden Händen festhalten, um nicht zu Boden zu gehen.

»Kommst du heute Nachmittag zur Jugendvorstandswahl?«, fragte ich meine Freundin.

»Klar.« Bille nickte. »Und Ingas Party heute Abend wird sicher witzig. Ihre Eltern sind ja nicht da. Sie hat echt den ganzen Stall eingeladen – sogar das Kleeblatt und auch Nicole, Merle und Isa!«

»Ach ja?« Diese Neuigkeit traf mich wie ein Faustschlag in den Magen. Inga machte eine Party und lud jeden aus dem Stall ein! Nur mich nicht. Kein Wunder, eigentlich.

»Geht Doro auch hin?«, fragte ich mit einem Frosch im Hals.

»Ich glaube schon«, erwiderte Bille arglos. »Genau wie

Oliver und Karsten. Bringst du Badezeug mit? Schneiders haben doch ein Schwimmbad.«

Erst jetzt schien ihr meine belämmerte Miene aufzufallen.

»Was ist? Kommst du etwa nicht?«, fragte sie.

»Mich hat sie nicht eingeladen.«

Ich tat, als würde mir das nichts ausmachen, aber ich spürte, wie eine Welle der Enttäuschung in mir aufstieg. Mit aller Macht kämpfte ich gegen die Tränen. Es gab wohl nichts Peinlicheres, als im Schulbus zu heulen. Ich fühlte mich gekränkt und ausgeschlossen. Alle würden zusammen feiern – nur ich nicht! Und Doro hatte mir nicht einmal davon erzählt, dass Inga eine Party veranstaltete! Ich war am Boden zerstört, als ich wie betäubt vom Bus durch den Alten Kurpark nach Hause ging. Zu Hause wäre ich am liebsten sofort in meinem Zimmer verschwunden. Zur Wahl des Jugendvorstands würde ich hundertprozentig nicht gehen! Ich wollte sie alle nicht mehr sehen, keinen einzigen von diesem hinterhältigen Pack, das ich für meine Freunde gehalten hatte!

Doch mein Vater fing mich an der Haustür ab.

»Charlotte, komm mal bitte mit in mein Arbeitszimmer«, sagte er mit versteinerter Miene zu mir. Ich stellte meinen Ranzen auf die Treppe.

»Was ist denn los?«, fragte ich meine Mutter, die mit genauso ernstem Gesicht aus der Küche kam. Beklommen und mit einem unguten Gefühl im Magen folgte ich meinen Eltern ins Arbeitszimmer. Meine Mutter schloss die Tür hinter sich. Ich überlegte fieberhaft, was ich wohl verbrochen haben könnte, aber mir fiel nichts ein. Seitdem ich Won Da Pie hatte, benahm ich mich in der Schule mustergültig, hatte weder eine schlechte Note geschrieben noch einen Eintrag ins Klassenbuch gekriegt.

»Herr Kessler und Herr Stark waren vorhin hier«, verkündete mein Vater. »Sie haben einen anonymen Brief bekommen, den sie sehr ernst nehmen. Es geht um das, was mit deinem Sattel passiert ist.«

Ich starrte meinen Vater verständnislos an. Er reichte mir die Kopie eines Briefes, der mit Computer geschrieben worden war.

»Charlotte Steinberg hat ihren Sattel selbst mit Wasserstoffperoxid übergossen, ihre Freundin Dorothee Friese war dabei. Die leere Flasche befindet sich in Charlottes Spint«, stand da.

Mir wurde schwindelig.

»Stimmt das, Charlotte?«, fragte mein Vater.

Ich blickte ihn fassungslos an, erschüttert, dass er mir so etwas überhaupt zutraute. »Nein!«, flüsterte ich entsetzt. »Warum hätte ich das tun sollen?«

»Herr Kessler sagte uns, dass du tatsächlich eine Flasche mit Wasserstoffperoxid von ihm bekommen hast, um damit dein Pferd zu behandeln.«

»Nein, ich habe keine Flasche bekommen, ich habe die benutzt, die in der Stallapotheke war. Won Da Pie hatte ein bisschen Strahlfäule. Aber wieso hätte ich selbst meinen neuen Sattel ruinieren sollen, und das auch noch eine Stunde vor der Reitabzeichenprüfung? Das macht doch überhaupt keinen Sinn!« Ich zitterte am ganzen Körper, meine Gedanken rasten.

»Dieser Meinung sind wir auch«, erwiderte mein Vater. »Aber woher kommt dann dieser Brief? Wer kann so etwas behaupten?«

Ich war völlig durcheinander, starrte auf die Buchstaben, die vor meinen Augen verschwammen. Mein Herz klopfte mir bis in den Hals. Ein Wort stach mir ins Auge. Und plötzlich kam mir ein ungeheuerlicher Verdacht! Nein, das konnte nicht sein! Oder doch?

»Ich bin gleich wieder da«, krächzte ich mit heiserer Stimme und drückte meinem Vater das Blatt in die Hand. Ich stürmte aus dem Arbeitszimmer und rannte beinahe meine kleine Schwester über den Haufen, die neugierig an der Tür gelauscht hatte. Mit ein paar Sätzen sauste ich die Treppe hoch in mein Zimmer und durchwühlte hektisch meinen Schreibtisch, bis ich fand, wonach ich suchte. Inga träumte davon, Schriftstellerin zu werden und schrieb immer wieder Geschichten, die sie allen möglichen Leuten zum Lesen gab. Im Frühjahr hatte sie mir ihr neuestes Machwerk überlassen, das in einem Reitstall spielte und in der die Figuren fantastische Abenteuer erlebten. Ich überflog ein paar Seiten, bis ich das Kapitel gefunden hatte, nach dem ich suchte. Mit dem Hefter in der Hand rannte ich wieder nach unten und reichte meinem Vater die Blätter.

»Das hier ist eine Geschichte, die Inga geschrieben hat«, erklärte ich atemlos. »Sie schreibt das Wort ›Spind‹ immer mit einem ›t‹ hinten. Darüber haben wir schon ein paarmal gestritten, weil ich sicher bin, dass man es mit ›d‹ schreibt.«

Mein Vater verstand nicht, worauf ich hinauswollte. Da nahm ich die Kopie des anonymen Briefes und wies auf das letzte Wort.

»Hier«, sagte ich. »Da steht: ›... *in Charlottes Spint*‹.«

»Tatsächlich.«

Meine Eltern verglichen den Drohbrief mit der Seite aus Ingas Geschichte.

»Aber wieso sollte Inga dich derart verleumden?«, wollte mein Vater wissen. »Ihr seid doch Freundinnen.«

»Das hab ich ja auch gedacht, aber ich glaube, seitdem ich Won Da Pie habe, hasst sie mich«, entgegnete ich. »Neulich hatten wir einen Riesenkrach, weil Herr Friedrich diese Pickelfotos mit mir machen wollte und nicht mit ihr. Dabei hat sie gar keine Pickel! Seitdem spricht sie nicht mehr mit mir.«

Mein Vater überlegte nicht lange. Er griff zum Telefon, wählte eine Nummer und verabredete sich mit Herrn Stark und Herrn Kessler in einer halben Stunde im Kasino im Reitstall. Ich sollte ihn zu diesem Gespräch begleiten.

Meine Knie waren ganz weich, als wir wenig später das Kasino durch den eigentlichen Haupteingang an der Kronberger Straße betraten. Zuerst gingen wir hinunter in den Raum, in dem sich die Spinde befanden. Mit zitternden Fingern öffnete ich das Zahlenschloss an meinem Spind. Mir wurde schwindelig, als ich tatsächlich hinter meinem Putzkasten die leere Flasche Wasserstoffperoxid fand.

»Ich ... ich hab erst am Donnerstag meinen Spind komplett ausgeräumt und sauber gemacht«, flüsterte ich. »Da war die Flasche nicht drin. Das schwöre ich!«

»Wer außer dir kennt die Kombination des Schlosses?«, wollte Herr Kessler wissen.

»Dorothee und … Inga«, erwiderte ich. »Warum sollte ich denn meinen eigenen Sattel kaputt machen? Er war doch ganz neu und … und …« Ich verstummte, kämpfte hilflos mit den Tränen.

Mein Vater reichte dem Reitlehrer die beiden Blätter – den anonymen Brief und die Seite von Ingas Manuskript –, dann erklärte er den Herren, weshalb ich annahm, dass Inga den Brief geschrieben hatte.

Während Herr Kessler und Herr Stark im grellen Licht der Neonröhre die Blätter miteinander verglichen, dämmerte mir die Tragweite der Ereignisse. Inga, die mit mir und Doro gemeinsam wieder und wieder überlegt hatte, wer meinen Sattel zerstört haben mochte, hatte mir ihre Freundschaft nur vorgespielt; dabei hatte sie mich die ganze Zeit über gehasst und nach einer Möglichkeit gesucht, mich in Misskredit zu bringen! Was, wenn Herr Stark und Herr Kessler mir nicht glaubten?

»Ob das als Beweis ausreicht?«, zweifelte Herr Stark.

»Ich glaube, dass Charlotte recht hat«, sagte Herr Kessler nach einer Weile zu meiner grenzenlosen Erleichterung.

»Ich fürchte, du bist Opfer einer gemeinen Intrige geworden«, wandte er sich an mich. »Dass Inga eifersüchtig auf dich ist, weiß ich. Das war sie schon immer und es wurde nicht besser, als du auch ein eigenes Pferd bekommen hast. Mir ist ebenfalls zu Ohren gekommen, dass sie in den letzten Tagen wegen der Wahl des Jugendvorstandes massiv gegen dich intrigiert hat. Ich habe bisher deswegen nichts gesagt, weil ich die Wahl heute Nachmittag abwarten und Inga dann zur Rede stellen wollte.«

Die drei Männer machten ernste Gesichter.

»Wir sollten die Eltern des Mädchens hierherbestellen«, schlug Herr Kessler vor.

Mir hatte es echt die Sprache verschlagen. Wenn Inga tatsächlich diesen Brief geschrieben hatte, dann war das mehr als nur ein gemeiner Streich!

»Falls sich herausstellt, dass das Mädchen hinter dieser Sache steckt, muss es den Verein verlassen«, polterte Herr Stark. »So etwas dulde ich hier nicht!«

»Was machen wir nun?«, wollte mein Vater wissen.

»Um vier Uhr ist die Versammlung zur Wahl«, sagte Herr Kessler.

»Da werden wir Inga in die Mangel nehmen. Bis dahin kein Wort zu niemandem, Charlotte. Hörst du?«

Ich nickte und hätte am liebsten geheult. So bitter und schmerzlich war die Erkenntnis, wie sehr ich mich in Inga getäuscht hatte.

Won Da Pie trabte mit federnden Tritten um mich herum. Die anfänglichen Probleme beim Longieren waren längst vergessen, mittlerweile funktionierte es meistens ziemlich gut. Ich sah Doro die Auffahrt hochkommen und mein Herz sackte mir in die Kniekehlen. Was, wenn auch sie von der Party wusste und mir nichts davon gesagt hatte? Wem konnte ich dann noch vertrauen?

»Hey, Lotte!«, rief meine Freundin. »Wieso hast du mich nicht abgeholt?«

Weil ich allein sein wollte. Weil ich am liebsten die ganze Zeit heulen würde und schreckliche Angst vor der Versammlung hatte.

Doro kam auf den Reitplatz, stellte sich neben mich und drehte sich mit mir im Kreis.

»Was hast du denn?« Sie sah mich prüfend an. »Bist du krank? Du bist total bleich.«

»Gehen wir heute Abend ins Kino?«, fragte ich unvermittelt und fürchtete mich gleichzeitig vor ihrer Antwort. Wenn sie mir jetzt mit einer Ausrede auswich, dann wusste ich Bescheid.

»Klar«, erwiderte sie aber stattdessen arglos. »Was läuft denn?«

Da konnte ich die Tränen nicht mehr zurückhalten.

»Mensch, Lotte!« Doro packte mich bei den Schultern. »Jetzt sag schon: Was ist denn los mit dir?«

Won Da Pie hielt an und blickte zu uns herüber.

»Inga feiert heute Abend eine Party und hat jeden eingeladen«, flüsterte ich. »Nur mich nicht.«

»Eine Party?« Doro schüttelte erstaunt den Kopf. »Davon weiß ich nichts.«

»Bille hat es mir heute im Bus erzählt«, schluchzte ich. »Ich dachte, du gehst auch hin und hättest mir nichts gesagt. Und ich hatte so eine Angst, dass du …«

»Ey, spinnst du?« Meine Freundin legte die Arme um mich und hielt mich fest. »So was würde ich dir doch sofort erzählen! Bist du deshalb so schlecht drauf?«

Ich zog die Nase hoch und wischte mir die Tränen mit dem Ärmel ab. Zwar hatte ich Herrn Kessler versprochen, niemandem ein Sterbenswörtchen über die Sache mit dem anonymen Brief und der leeren Flasche in meinem Spind zu erzählen, aber ich konnte es meiner besten und wohl einzigen Freundin unmöglich verschweigen, schließlich wurde auch sie beschuldigt. Stockend erzählte ich ihr von der ungeheuerlichen Anschuldigung, ich selbst hätte meinen Sattel beschädigt und sie sei dabei gewesen.

»Das gibt's doch nicht!« Doro war ähnlich fassungslos wie ich. »Und du glaubst, dass Inga dahintersteckt?«

»Ja.« Ich nickte. »Nur du und sie kennen die Kombination von meinem Schloss. O Gott, stell dir vor, wenn sie das wirklich mit dem Sattel gewesen ist! Wie oft wir darüber gesprochen und wen wir alles verdächtigt haben! Ich werde mein Leben lang niemandem mehr vertrauen!«

Plötzlich wurde meine Freundin ganz schweigsam.

»Was ist?«, wollte ich wissen.

»Komm, bringen wir Won Da Pie weg«, sagte Doro entschlossen. »Ich muss dir etwas zeigen.«

Doro und Inga benutzten gemeinsam einen Spind, allerdings hatte Inga vor einer Weile einfach ein weiteres Zahlenschloss an einen anderen leeren Spind gehängt. Ich schloss auf Doros Geheiß die Tür von innen ab, damit uns niemand überraschte, während sie das Schloss öffnete. Erst beim dritten Anlauf fand sie die richtigen Zahlen. Wenig später betrachteten wir mit wachsender Fassungslosigkeit den Inhalt von Ingas Geheimspind.

»Das Reitstundenbuch vom letzten Jahr, das Herr Kessler überall gesucht hat.« Doro griff nach der abgegriffenen Kladde, in der die Reitstunden eingetragen wurden.

»Warte!« Ich hielt sie zurück und kramte mein Handy hervor. »Lass uns erst Fotos machen.«

Ich fotografierte den Spind von außen, das Zahlenschloss und dann den Inhalt.

»Schau mal«, sagte Doro. »Das ist eine der Turnierschabracken vom Verein.«

»Und das ist ihr Putzmantel«, ergänzte ich und zog ein formloses graues Kleidungsstück heraus, das Inga sich früher immer beim Putzen eines Pferdes übergezogen hatte. Seit einer ganzen Weile schon tat sie das nicht mehr. Und jetzt erkannten wir auch, weshalb. Der linke Ärmel und die Vorderseite waren voller Ätzflecken, die das graue Gewebe ausgebleicht hatten.

Doro und ich blickten uns entsetzt an. Ich musste mich gegen den Schrank lehnen, weil mir plötzlich richtig übel wurde.

»Ich glaube, wir sollten das Herrn Kessler zeigen«, flüsterte Doro schließlich, und ich nickte.

BEWEISE

Nach und nach trudelten die jugendlichen Mitglieder des Reitvereins im Kasino ein. Gunter und ein paar Helfer hatten die Tische in U-Form aufgestellt und zwei Tische an die offene Seite des U gerückt. Herr Kessler und Herr Stark hatten Doro und mir eingeschärft, uns ganz normal zu benehmen, aber das fiel uns schwer. Zum einen waren wir beide ziemlich enttäuscht darüber, dass uns niemand etwas von Ingas heimlicher Party erzählt hatte, zum anderen fürchteten wir uns insgeheim vor dem, was nun kommen würde. Schließlich war Inga seit Jahren unsere Freundin. Sie traf um Viertel vor vier gemeinsam mit Cordula ein, die auch in Sulzbach wohnte und Inga abgeholt hatte. Doro und ich saßen schon neben Oliver und Karsten und beobachteten, wie Inga mit Annika, Dani und Susanne tuschelte und kicherte und sich neben sie setzte.

»Miss Pummel hat neue Freunde gefunden«, bemerkte Oliver spöttisch.

»Kommt ihr heute Abend mit uns ins Kino?«, fragte Doro.

»Klar, warum nicht«, erwiderte Karsten.

»Was läuft denn?«, wollte Oliver wissen.

»Hat Inga euch nicht auf ihre Party eingeladen?«

»Was? Miss Pummel schmeißt 'ne Party?« Oliver biss in seinen Schokoriegel. »Wusste ich gar nicht.«

»Ich auch nicht«, sagte Karsten. »Ich wäre eh nicht hingegangen. Wahrscheinlich hat sie Herrn Schmidt eingeladen.«

Ein hysterischer Lachanfall kroch in mir hoch. Sie hatten mir die Party nicht etwa verschwiegen, nein, auch sie waren von Inga nicht eingeladen worden! Ich verspürte eine ungeheure, gewaltige Erleichterung. Es gab wohl kein elenderes Gefühl auf der Welt als das, von Freunden hintergangen und belogen zu werden.

Jemand schob von links eine Anwesenheitsliste herüber, in die wir unsere Namen eintrugen. Mittlerweile war jeder Stuhl besetzt. Gunter, Merle, Isa und Gaby, der noch amtierende Jugendvorstand, nahmen am Präsidiumstisch Platz. In dem Moment betraten Herr Stark und Herr Kessler das Kasino.

Mein Blick wanderte zu Inga hinüber. Sie hatte sich bequem zurückgelehnt und lächelte zufrieden. Gunter stand auf und klopfte mit einem Messer gegen ein Glas. Die Gespräche verstummten, die Aufmerksamkeit aller Anwesenden richtete sich auf ihn.

»Ich bin froh, dass ihr heute so zahlreich hierhergekommen seid, um einen neuen Jugendvorstand zu wählen«, sagte er. »Das zeigt, dass doch ein großes Interesse an der Jugendarbeit im Verein besteht, und das ist eine sehr gute Sache. In den letzten Tagen wurden neun Vorschläge für die Ämter des Jugendvorstands eingereicht, das ist eine Menge und freut uns auch sehr.«

Er erklärte, was ein Jugendvorstand zu tun hat, und erwähnte mit einem Seitenblick auf Oliver und Karsten, dass die Ämter ehrenamtlich ausgeübt würden. Dann zählte er auf, was in Zukunft alles an Veranstaltungen geplant war: Arbeitsdienst, Weihnachtsfeier, Reiterball, Silvesterspringen, Quadrillenreiten, Faschingsreiten. Ich hörte kaum zu. Meine Handflächen waren schweißnass und mein Herz schlug aufgeregt gegen meine Rippen. Als Nächstes öffnete Merle die Zettel mit den Vorschlägen und las die Namen vor. Doro und ich waren nicht erstaunt, dass unsere Namen nicht dabei waren. Andere allerdings schon.

»Ich denke, ihr habt euch auch gemeldet«, flüsterte Karsten.

In diesem Augenblick ging Herr Stark an den Vorstandstisch. In der Hand hielt er die beiden Zettel, die wir vorhin in Ingas Geheimspind gefunden hatten. Ich hatte das Gefühl, mein Herz müsse mir jeden Moment aus der Brust springen.

»Diese beiden Namen gehören auch auf die Liste«, sagte Herr Stark mit lauter Stimme. »Charlotte Steinberg und Dorothee Friese hatten sich ebenfalls für die Vorstandsposten beworben.«

Ich sah, wie Inga sich auf ihrem Stuhl aufrichtete und abwechselnd blass und rot im Gesicht wurde. Sie wusste schließlich, wo sich die beiden Zettel befunden hatten. Warum hatte sie sie nicht einfach weggeworfen? Herr Stark wandte sich zur Versammlung um. Es herrschte mit einem Mal Totenstille. Jeder hatte gemerkt, dass hier etwas nicht stimmte.

»Zu unserem großen Bedauern gibt es hier im Stall jemanden, der eine Intrige geschmiedet hat, die nicht nur mich, sondern den gesamten Vorstand und Herrn Kessler erschüttert und tief enttäuscht hat. Wir möchten wissen, auf welchem Weg diese beiden Zettel aus dem Vereinsbriefkasten in einen verschlossenen Spind gelangt sind!«

Inga saß auf ihrem Stuhl wie eingefroren.

»Außerdem«, fuhr Herr Stark fort, »hat jemand offenbar Kenntnis davon, wer am Tag der Reitabzeichenprüfung den Sattel von Charlotte Steinberg beschädigt hat.«

Aufgeregtes Gemurmel und Getuschel. Nur Inga rührte sich nicht. Was mochte jetzt in ihr vorgehen? Ahnte sie, dass sie bereits überführt war?

»Aber das soll hier nicht vor der Versammlung geklärt werden«, sagte Herr Stark. »Herr Kessler und ich möchten nach der Wahl mit dieser Person sprechen. So, und jetzt wünsche ich eine faire und gute Wahl zum Jugendvorstand.«

Damit ging er zurück zu Herrn Kessler, der an einem Tisch in der Nähe der Tür saß. Erregtes Stimmengewirr erhob sich in der Runde, jeder diskutierte mit seinen Nachbarn, und Gunter hatte alle Mühe, fünfzig Jugendliche wieder zur Ruhe zu bringen, um zur Tagesordnung überzugehen.

Ich traute meinen Augen kaum, als ich sah, wie unverfroren Inga sich an den Spekulationen zu beteiligen schien. Entweder war sie wirklich ahnungslos oder sie war eiskalt. Wahrscheinlich wäre ich, wenn ich an ihrer Stelle gewesen wäre, direkt aus der Tür auf die Kronberger Straße gegangen und hätte mich nie wieder im Stall blicken lassen. Aber ich traute Inga zu, dass sie schon längst wieder Lügen und Ausreden parat hatte.

Nur eine Viertelstunde später war die Wahl vorüber. Gunter war einstimmig zum Jugendwart wiedergewählt worden, genauso wie Merle zur Schriftführerin. Isa und Gaby hatten sich nicht mehr zur Wahl gestellt, stattdessen war Cordula zur Kassiererin gewählt worden, Simon zum Jugendvorstandssprecher und Doro und ich zu Beisitzern.

»So, das wär's, Leute«, verkündete Gunter. »Der neue Jugendvorstand kommt jetzt bitte nach vorn.«

Unter dem Applaus der Versammlung standen wir auf und gingen zu ihm.

»Immer diese pickligen Privatreiter«, sagte Karsten grinsend, als wir an ihm vorbeiliefen. Aber ich konnte weder über diesen Scherz lachen, noch freute ich mich richtig über meine Wahl in den Jugendvorstand. Der Rest der Versammlung rauschte wie in einem Nebel an mir vorbei. Ingas Verhalten ließ mich zweifeln. Hatte ich mich geirrt? Vielleicht war dieser anonyme Brief überhaupt nicht von ihr. Es gab ganz sicher viele Leute, die das Wort »Spind« nicht richtig schrieben.

Hatte ich sie etwa zu unrecht verdächtigt? Nach und nach leerte sich das Kasino unter Stühlerücken und gedämpftem Gemurmel. Doro stieß mich mit dem Ellbogen an.

»Sie geht einfach mit raus«, zischte sie mir zu. »Guck dir das an!« Tatsächlich schlenderte Inga mit Susanne und Dani zur Tür, die Harmlosigkeit in Person! Gerade als sie verschwinden wollte, verstellte Herr Stark ihr den Weg. Ich konnte nicht hören, was er zu ihr sagte, aber sie schien ihm zu widersprechen, denn sie schüttelte immer wieder den Kopf.

Eine sehr ernste Angelegenheit

Als wir eine Stunde später in den Stall hinuntergingen, hoffte ich aus tiefstem Herzen, dass Inga schon weg sein würde. Ich wollte ihr nicht begegnen. Die Tür zur Sattelkammer war geschlossen, auf der Stallgasse keine Menschenseele zu sehen.

»Lass uns zu Won Da Pie gehen«, schlug Doro vor.

Ich nickte. Nur weg hier! Wir huschten an der Tür der Sattelkammer vorbei und gingen zu meinem Pferd. Plötzlich fiel mir ein, wie ich das Gespräch zwischen Alex und Herrn Stark belauscht hatte. Ich zog meine Freundin am Misthaufen vorbei in die Schmiedeecke.

»... eine sehr, sehr ernste Angelegenheit, Inga«, hörten wir die Stimme von Herrn Stark laut und deutlich. »Das ist kein Scherz unter Jugendlichen. Du hast dir ...«

Wir hörten ein Klopfen und zuckten erschrocken zusammen. Dann ertönte die Stimme von Ingas Vater.

»Was ist denn so wichtig, dass ich extra aus Hamburg hierherkommen musste?« Er klang ausgesprochen ärgerlich.

Aus Hamburg? Herr Stark musste ihn schon vor der Jugendvorstandswahl angerufen haben. Offenbar hatte er keine Sekunde an meiner Aussage und an den Beweisen in

Ingas Geheimspind gezweifelt. Doro und ich pressten uns atemlos an die Wand und starrten uns an.

»Ihre Tochter hat vorsätzlich den Sattel einer Kameradin mit einer ätzenden Chemikalie übergossen und damit irreparabel ruiniert«, sagte Herr Stark nun. »Als wäre das nicht schon schlimm genug, hat sie außerdem einen anonymen Brief geschrieben, in dem sie die Inhaberin des Sattels beschuldigt, diese Beschädigung selbst vorgenommen zu haben. Das ist kein Streich mehr, sondern üble Verleumdung und Sachbeschädigung!«

»Wir haben ein Kleidungsstück, das Ihrer Tochter gehört, in einem Schließfach gefunden, das sie sich ohne zu fragen angeeignet hat. Offenbar als Geheimversteck, denn in dem Fach haben wir noch ganz andere Dinge gefunden. Und dieses Kleidungsstück hat einige Ätzflecke, wie sie von Wasserstoffperoxid verursacht werden.«

Herr Schneider schien einen Augenblick nach Worten zu suchen.

»Ist das wahr, Inga?«, fragte er.

Doro und ich hielten den Atem an.

»Kein Wort, Papa!«, erwiderte Inga. »Ich hätte nie gedacht, dass Charlotte und Dorothee so hinterhältig sein könnten. Sie wollen mich aus dem Stall ekeln und dazu ist ihnen jedes Mittel recht!«

Ich glaubte, mir müsse das Herz stehen bleiben.

»Dorothee hatte die Idee mit dem leeren Schließfach. Sie raucht heimlich und versteckt dort ihre Zigaretten …«

Meine Freundin schnappte neben mir nach Luft.

»… und die ganzen geklauten Sachen«, fuhr Inga auf der

anderen Seite der Mauer mit zittriger Stimme fort. »Und ich glaube auch, dass sie meinen alten Putzmantel in das Fach gelegt hat, nachdem sie gesehen hat, dass er voller Ätzflecke war.«

Doro wurde weiß vor Zorn im Gesicht. »Dieses verlogene Miststück«, knirschte sie und richtete sich auf. »Das höre ich mir nicht länger an!«

»*Geklaute Sachen*?«, wiederholte Herr Stark gerade mit bebender Stimme.

»Ja.« Inga schluchzte jetzt. »Oliver hat irgendwann mal gemerkt, dass sein Zimmerschlüssel auch für das Archiv passt. Und seitdem haben Charlotte und Dorothee immer etwas daraus geklaut.«

Ich zitterte am ganzen Körper, mir wurde übel. Das war eine unglaubliche Lüge! Es war richtig, dass wir mit Olivers Zimmerschlüssel im Vereinsarchiv, das direkt neben dem Raum mit den Schließfächern lag, gewesen waren. Wir hatten uns das alte Archiv des Reitvereins angesehen, die Urkunden und Mitgliederverzeichnisse. Aber ganz sicher hatte niemand von uns irgendetwas gestohlen!

»Es ist wirklich immer wieder etwas verschwunden«, bestätigte Herr Kessler nun. »Ausbinder, ein Martingal, Satteldecken mit Vereinslogo.«

»Jetzt reicht's!« Doro ergriff meine Hand und zerrte mich hinter sich her. »Das lasse ich mir von dieser verlogenen Kuh nicht gefallen!«

Bevor ich mich's versah, hatte Doro mich in den Stall geschleift und an die Tür der Sattelkammer geklopft. Herr Kessler öffnete.

»Sie *lügt!*«, rief meine Freundin aufgebracht und deutete mit dem Finger auf Inga, die sich mit verheultem Gesicht an ihren Vater klammerte, der schützend einen Arm um seine Tochter gelegt hatte. »Alles, was sie gerade gesagt hat, ist gelogen!«

»Moment mal«, begann Ingas Vater. »Wie kommst du dazu …«

Aber Doro fiel ihm ins Wort. Ihre Augen blitzten.

»*Sie* hat das Schloss an das leere Schließfach gehängt! Sie hat sogar Turnierschleifen geklaut und zu Hause in ihrem Zimmer aufgehängt!«

Herr Schneider starrte erst Doro und mich an, dann ließ er seine Tochter los.

»Ich dachte, diese Schleifen hättest du auf dem Reiterhof mit Corsario bei einem Hausturnier gewonnen«, sagte er und überführte seine Tochter damit ihrer Lügen. Inga öffnete schon wieder den Mund zu einer Erwiderung, aber er ließ sie nicht zu Wort kommen.

»Hör jetzt auf zu lügen, Inga«, sagte er scharf. »Sag die Wahrheit: Hast du diesen Sattel beschädigt? Ja oder nein?«

Inga schüttelte den Kopf, ihr Blick war hasserfüllt.

»Du hast die leere Flasche in meinen Spind getan«, flüsterte ich, weil ich meiner Stimme nicht traute. »Wahrscheinlich gestern Abend. Weil ich nachmittags noch alles ausgeräumt habe, und da war sie nicht drin.«

»Was für eine Flasche?«, erkundigte sich Ingas Vater. Herr Kessler klärte ihn auf. Ebenso über die Zettel, die aus dem Vereinsbriefkasten verschwunden und in Ingas Geheimspind aufgetaucht waren.

»Inga«, sagte er dann ernst, »Leugnen ist doch zwecklos. Alle Beweise sprechen gegen dich.«

Inga verschränkte trotzig die Arme vor der Brust.

Ihr Vater ergriff ihre Schulter und schüttelte sie.

»Ich will, dass du jetzt auf der Stelle die Wahrheit sagst!«, zischte er. »Was ist mit den Vorwürfen, du hättest diese Zettel aus dem Vereinsbriefkasten gestohlen und unterschlagen? Und warum hast du einen anonymen Brief geschrieben?«

Für einen Augenblick war es ganz still in der Sattelkammer.

Dann verzog Inga ihr Gesicht zu einer Grimasse.

»Es ist so ungerecht!«, heulte sie. »Charlotte und Dorothee lästern immer hinter meinem Rücken über mich und machen mich überall schlecht. Die warten, bis ich weg bin, und ...«

»Schluss jetzt mit dem Theater!« Herr Schneider ließ sie los, als hätte er sich verbrannt. Unter seiner Sonnenbräune war er blass geworden.

»Dani und Susanne hatten die Idee mit dem Sattel und auch mit den Zetteln«, behauptete Inga tränenüberströmt.

Ich konnte nicht fassen, dass ich sie einmal für eine Freundin gehalten und ihr vertraut hatte!

»Red doch nicht so einen Scheiß!«, unterbrach Doro sie wütend. »Die Idee hattest du ganz allein! Das passt zu dir, diese Hinterhältigkeit! *Du* hattest nämlich Angst, dass die Leute uns eher wählen würden als dich. Dich kann hier keiner leiden, weil du nur am Lügen, Lügen, Lügen bist! Deine tollen Geschichten von deinem Reiterurlaub sind doch alle erfunden! Seit Jahren versuchst du, Lotte und mich gegeneinander aufzuhetzen, weil du neidisch auf unsere Freundschaft bist. Und du hast heute Abend diese Party nur deshalb organisiert, weil du dich damit bei den anderen einschleimen wolltest, damit sie dich in den Jugendvorstand wählen. Pfui, Inga, du bist echt das Aller-letzte!«

Ingas Gesicht verzerrte sich vor Zorn und Hass.

»Eine Party?« Jetzt klang die Stimme von Herrn Schneider drohend. Wir wussten, dass er sehr streng war.

»Also«, mischte sich Herr Stark wieder ein, »es steht fest, dass Inga den Sattel von Charlotte beschädigt hat. Der Vorstand wird nun gemeinsam beraten, was wegen der Diebstähle aus dem Vereinsarchiv und dem unbefugten Zugriff auf den Vereinsbriefkasten sowie der Unterschlagung des leer stehenden Schließfaches geschehen soll. In meiner Eigenschaft als Mitglied des Vorstands untersage ich Inga ab sofort und bis zu einer endgültigen Entscheidung, diesen Stall oder das Gelände noch einmal zu betreten.«

»Und was ist mit Corsario?«, rief Inga schrill. »Mein Pferd steht immerhin hier! Ich muss reiten und …«

»Halt sofort den Mund!«, fiel ihr Vater ihr ins Wort. »Ich schäme mich für dich in Grund und Boden!«

Er ergriff Ingas Handgelenk.

»Ich rufe Sie an«, sagte er zu Herrn Stark, dann wandte er sich an mich. »Es tut mir leid, Charlotte. Natürlich werden wir für den Schaden aufkommen.«

Aber Inga sah noch immer nicht ein, dass sie auf ganzer Linie entlarvt war und verloren hatte.

»Mein Pferd!«, protestierte sie. »Ich lasse mir nicht verbieten, zu meinem Pferd zu gehen!«

»Du hast kein Pferd mehr!«, herrschte ihr Vater sie an. »Das kläre ich noch heute mit Herrn Friese. Du wirst nicht mehr reiten, bis du begriffen hast, was du da angerichtet und dich dafür entschuldigt hast!«

Ich konnte es nicht mehr ertragen, wollte Inga nicht mehr sehen. Das war alles zu viel für mich. Ich flüchtete aus der Sattelkammer, hinaus auf den Hof und in die Box von Won Da Pie. Mein Pferd hörte auf, sein Heu zu kauen und hob erstaunt den Kopf, als ich ihm um den Hals fiel. Ich schmiegte mein Gesicht an sein weiches Fell und vergrub meine Finger in seiner Mähne. Die Erkenntnis, dass ein Mensch, den ich gemocht und dem ich vertraut hatte, zu solchen Taten fähig war, erschütterte mich zutiefst. Plötzlich liefen mir die Tränen über das Gesicht. Ich verstand die ganze Welt nicht mehr. Warum hatte Inga diesen anonymen Brief überhaupt geschickt? Hatte sie wirklich geglaubt, man würde Doro und mich verdächtigen, meinen eigenen Sattel zerstört zu haben? Was hatte sie damit bezweckt?

Ich weinte noch ein bisschen, aber die gelassene Gleichgültigkeit, mit der Won Da Pie sich wieder seinem Heu zuwandte, beruhigte mich schließlich. Ich setzte mich unter seine Krippe und schlang die Arme um meine Knie. Draußen näherten sich Schritte.

»Charlotte?« Herr Kessler blickte wenig später über die Halbtür.

»Sind sie weg?«, fragte ich dumpf.

»Ja.«

»Ich kann nicht glauben, dass sie das getan hat.«

»Ich bin auch ziemlich schockiert«, gab der Reitlehrer zu. »Komm, steh mal auf. Oder soll ich mich mit meinem kaputten Bein etwa neben dich ins Stroh setzen?«

Die Vorstellung, wie Herr Kessler und ich in Won Da Pies Box einträchtig nebeneinander im Stroh saßen, brachte mich trotz allem zum Lächeln. Ich erhob mich, klopfte Heu und Strohhalme von meinen Kleidern.

»Warum hat Inga das getan?«, fragte ich wieder.

Der Reitlehrer sah mich nachdenklich an.

»Tja«, sagte er schließlich, »sie ist neidisch. Darauf, dass du besser reiten kannst als sie. Auf dein Pferd, auf deine Freundschaft mit Dorothee. Und sie hat sicherlich auch gespürt, dass sie nicht viele Freunde hier im Stall hat.«

»Aber sie war doch meine *Freundin!*«, entgegnete ich. »Ich habe sie gemocht! Ich verstehe das einfach nicht.«

»Man kann einem Menschen eben nur bis vor die Stirn gucken«, sagte Herr Kessler. »Leider werden dir in deinem Leben immer wieder Leute begegnen, die dich enttäuschen. Vielleicht nicht ganz so schlimm, wie Inga das jetzt getan hat, gerade weil du geglaubt hast, sie sei eine Freundin. So sind die Menschen eben.«

»Aber ich will das nicht.« Ich zog unglücklich die Nase hoch. »Ich will nicht enttäuscht werden.«

»Das wird dir wohl leider nicht erspart bleiben.« Herr Kessler seufzte. »Gerade dann nicht, wenn du etwas mehr hast oder besser kannst als andere. Es wird immer jemanden geben, der dir das, was du hast, neidet. Aber auf jeden Fall hast du eine wirklich gute Freundin. Und das ist mehr, als manch anderer von sich behaupten kann.«

»Ja, Doro.« Mir gelang ein Lächeln. »Wir sind echt beste Freundinnen. Aber was wird jetzt mit Corsario passieren?«

»Das fragst du sie am besten selbst.« Der Reitlehrer öffnete mir von außen die Box. »Ich glaube, sie ist gerade nach Hause gegangen, um das mit ihren Eltern zu klären.«

DAS NEUE SCHULPFERD

Die Wochen flogen nur so dahin und plötzlich stand Weihnachten vor der Tür. In den letzten Tagen vor den Weihnachtsferien war in der Schule kaum noch etwas los. Die Zeugnisnoten standen fest und die Lehrer wussten, dass wir anderes im Kopf hatten als französische Grammatik, Matheformeln oder Biologie. In den meisten Stunden sahen wir Filme oder Diavorträge oder machten irgendwelche Spiele.

Immer wieder schaute ich mir heimlich auf meinem Handy die vielen Fotos an, die ich in den letzten Wochen von Won Da Pie geknipst hatte, und mir fiel auf, wie sehr er sich schon verändert hatte, seitdem er bei mir war. Er hatte viel mehr Muskeln bekommen und einen kräftigen Hals. Sein Fell war nicht mehr stumpf, es glänzte wie eine reife Kastanie.

Ich hatte nie ganz verwunden, dass Thierry sich nicht bei mir gemeldet hatte. Vielleicht war das bevorstehende Weihnachtsfest ja die Gelegenheit, es einfach noch mal zu versuchen. Heute Abend würde ich ihm die schönsten Bilder von Won Da Pie als E-Mail-Anhang schicken. Wenn er sich dann nicht meldete, war es mir auch egal.

Mehr als Thierry beschäftigten mich die Proben für unsere Weihnachtsfeier, deren Organisation in diesem Jahr ganz in den Händen des Jugendvorstands lag. Wir hatten einige heiße Diskussionen geführt und uns dann zusammen mit Herrn Kessler, der unsere Ideen schließlich in die Praxis umsetzen musste, auf fünf Programmpunkte geeinigt: Beginnen sollte die Weihnachtsfeier mit einer Schulpferde-Quadrille, danach folgte eine Springquadrille, ein *Pas de deux* von Isa und Nicole, eine Voltigiervorführung und zum Schluss würde der Weihnachtsmann mit Kutsche und Geschenken in die Halle kommen. Anschließend sollte die Feier mit Würstchen und Glühwein für die Erwachsenen im Kasino ausklingen. Es war ziemlich aufregend, verantwortlich für eine so große Veranstaltung zu sein, aber es machte auch riesigen Spaß. Mittlerweile war offiziell bekannt, dass Herr Kessler am 31. Dezember aufhören würde, deshalb hatten wir ebenfalls beschlossen, ihm im Rahmen der Weihnachtsfeier das inzwischen fertiggestellte Abschiedsalbum zu überreichen. Ingas ursprüngliche Idee, Fotos ganz altmodisch in ein Album zu kleben, war verworfen worden, dafür hatten Simon und Dani sich die Fotos per E-Mail schicken lassen und die, die es nicht digital gab, eingescannt. Im Internet hatten sie Fotobücher bestellt und jeder, der wollte, konnte sich ein Exemplar sichern. Das war für alle eine tolle Erinnerung an die Zeit mit Herrn Kessler.

Mein Zeugnis war für mich keine Überraschung, weil wir die Noten ja vorher schon gewusst hatten. Und als nach der dritten Stunde der Gong ertönte, hatte ich nur noch den

Gedanken, so schnell wie möglich in den Stall zu kommen. Heute war um zwei Uhr Generalprobe für die Springquadrille und anschließend sollte die Reithalle weihnachtlich geschmückt werden. Ich drängte mich nach einem hastigen »Fröhliche Weihnachten!« an meine Klassenkameradinnen durch den Strom der Schülerinnen die Treppen hinunter. Wenn ich mich beeilte, konnte ich noch den Bus um halb elf erwischen und direkt in den Stall gehen. Als ich durch die von fettigen Fingerabdrücken übersäte Glastür hinaus ins Freie trat, traute ich meinen Augen kaum: Vom grauen Himmel rieselten erste Schneeflocken herab.

Inga hatte sich im Reitstall nie mehr blicken lassen. In der Schule ging sie mir seit dem schrecklichen Nachmittag der Jugendvorstandswahlen aus dem Weg. Den Entschuldigungsbrief, den sie sicherlich auf Druck ihrer Eltern geschrieben hatte, hatte ich nur überflogen und sofort weggeworfen. Corsario gehörte Doro alleine, Ingas Vater hatte noch nicht einmal seinen Anteil vom Kaufpreis wiederhaben wollen, so sehr schämte er sich für das Verhalten seiner Tochter. Über die Zukunft von Corsario war noch nicht entschieden worden. Seit ein paar Wochen lief er meistens ohne zu lahmen, und die Stimmung im Stall war auf jeden Fall wieder viel schöner als in den letzten Monaten.

Um kurz vor zwei führten wir die gesattelten Pferde in die Halle, nachdem wir zuvor die vier kleinen Hindernisse sternförmig in der Mitte der Halle aufgebaut hatten. Gunter war es gelungen, die Lautsprecheranlage zu reparieren, und so konnten wir heute das erste Mal richtig mit Musik reiten. Kitschige, amerikanische Weihnachtslieder klangen aus den Boxen und versetzen uns in eine feierliche Stimmung. Doro, Ralf, Kristina, Karsten, Oliver und ich ritten unsere Pferde ab.

Herr Kessler, der mittlerweile keine Krücken mehr brauchte, kam wenig später herein. Ralf und ich ritten mit unseren beiden Braunen vorneweg, dann folgten Doro und Kristina mit ihren Schimmeln, den Schluss bildeten Karsten und Oliver mit Douglas und Hanko, zwei weiteren Braunen. Eine Springquadrille war nicht so einfach, wie sie aussah. Zu Beginn trabten wir alle hintereinander und sprangen jeden der vier Sprünge aus dem Trab, dann galoppierten wir an und mussten uns teilen. Ich kam von rechts, Ralf von links. Zuerst sprang ich von rechts nach links, dann Ralf von links nach rechts, dann folgte der Reiter aus Ralfs Abteilung und so weiter. Man musste immer genau nach dem anderen Ausschau halten, damit bei diesem »Kreuzen« niemand mit einem anderen zusammenstieß. Plötzlich ertönte ein dumpfes Poltern, gefolgt von einem Schrei. Ich blickte mich um und sah Doro mitsamt ihrem Pferd am Boden liegen. Erschrocken parierte ich durch. Corsario kam schnell auf die Beine und auch Doro rappelte sich schon wieder hoch.

»Was ist denn passiert?«, wollte Herr Kessler besorgt wissen. »Hast du dir wehgetan?«

»Nein, nein. Ich weiß auch nicht, was los war.« Doro griff nach den Zügeln von Corsario, der nun neben ihr stand und vor Schreck zitterte. Sein weißes Fell war voller Sägespäne.

»Er hat nach dem Sprung das eine Vorderbein gar nicht

mehr ausgestreckt, um zu landen!«, rief Isa, die von der Tribüne aus zugesehen hatte.

Doro versuchte, das Pferd ein Stück zu führen, aber Corsario konnte kaum das rechte Vorderbein belasten. Erst nach ein paar Metern ging es etwas besser, doch der Schimmel lahmte deutlich.

»Ach du Schande«, sagte Karsten. Wir blickten uns an. Die Quadrille war damit geplatzt. So schnell würde sich kein Ersatz für Doro finden. Jemand öffnete die Bandentür und sie führte ihr Pferd langsam hinaus und in den Stall.

»Was machen wir denn jetzt?«, fragte Oliver den Reitlehrer. »Zu fünft funktioniert das mit der Quadrille nicht.«

»Da hast du wohl recht.« Herr Kessler legte nachdenklich die Stirn in Falten, aber dann schien ihm etwas einzufallen. »Ich bin gleich zurück«, sagte er. »Reitet so lange etwas Schritt.« Unsere Stimmung war gedrückt, niemand sagte ein Wort. Nach zehn Minuten kehrte Herr Kessler zurück, gefolgt von Doro, die das neue Schulpferd am Zügel führte. Sie hielt neben mir an und gurtete nach.

»Der Kessler meint, ich soll es mit Cornado mal versuchen. Ist ja auch ein Schimmel.« Sie grinste etwas, aber der Schreck steckte ihr wohl noch in den Gliedern, denn sie war ziemlich blass. Wenig später saß sie auf dem Grauschimmel. Es war das erste Mal, dass ich das neue Schulpferd richtig betrachtete. Herr Kessler ließ nur die besseren Schulreiter auf ihm reiten, denn der Schimmel war sehr temperamentvoll und eigentlich für den Schulbetrieb nicht geeignet. Als Ersatz für Arabella wurde ein ganz braves Pferd gebraucht, das auch an der Longe beim Voltigieren gehen konnte, und das war Cornado ganz sicher nicht.

Der Grauschimmel war sehr hübsch mit der schneeweißen Mähne und dem weißen Schweif im Kontrast zu seinem stahlgrauen Fell. Wir warteten, bis Doro ihn abgeritten und ein paar kleine Sprünge gemacht hatte. Sie kam gut mit dem für sie fremden Pferd zurecht.

»Der springt ja super!«, rief sie und strahlte wieder über das ganze Gesicht.

»Dann versuchen wir es mal in der Quadrille.« Herr Kessler nickte zufrieden. »Bitte volle Konzentration, meine Damen und Herren!« Wir brauchten vier Durchgänge, bis wir die Choreografie richtig umgesetzt hatten und alles reibungslos klappte. Beim Trockenreiten lenkte ich Won Da Pie neben den Schimmel meiner Freundin.

»Der ist klasse!«, grinste sie und klopfte dem Pferd den Hals. »Hat viel mehr Pep und Schwung als Corsario. Und ich muss keine Angst haben, dass er stolpert. Eigentlich ist er als Schulpferd viel zu schade.«

Das fand ich auch. Das Pferd hatte einen hübschen Kopf mit großen dunklen Augen. In ein paar Jahren würde er ganz weiß sein, so wie Corsario oder Flocki.

»Schade drum.« Doros Gesicht verdüsterte sich wieder. »Ich würde was drum geben, wenn Corsario ein paar Jahre jünger und so gesund wäre wie das Schimmelchen hier.«

Ein gutes Team

Die anderen hatten mit ihren Pferden die Halle verlassen, und ich nutzte die Gelegenheit, Won Da Pie etwas frei laufen zu lassen. Ich nahm ihm Sattel und Trense ab. Einen Moment zögerte er und sah mich erstaunt an, aber dann begriff er, dass er frei war. Gelegenheiten wie diese waren selten, denn es gab nur die eine Reithalle und sie war meistens belegt. Mein Pferd trottete los, senkte die Nase bis auf den Boden und schnupperte in den Spänen, bis er eine Stelle fand, die ihm gefiel. Mit einem Vorderbein scharrte er, dann drehte er sich im Kreis und sank mit einem Grunzen in die Knie. Zuerst wälzte er sich genüsslich auf der linken Seite, dann drehte er sich auf die andere Seite, bis er aussah wie ein paniertes Schnitzel. Mit einem Satz war er wieder auf den Beinen und schüttelte sich, sodass die Späne wie eine Wolke um ihn herumflogen. Und dann ging's los!

Ich hatte angenommen, er würde nach einer Dreiviertelstunde Galopp und Springen müde sein, aber da hatte ich mich geirrt. In gestrecktem Galopp jagte Won Da Pie durch die Halle, dass es nur so donnerte. Wild quiekend schlug er aus, blieb stehen, drehte sich um die eigene Achse, stieg, schlug aus und bockte wie ein Rodeopferd. Seine Mähne und sein Schweif flatterten, und es machte Spaß zu-

zusehen, welche Freude er beim Freilaufen hatte. Als er sich nach ein paar Minuten gründlich ausgetobt hatte, blieb er stehen. Den Kopf hocherhoben, den Schweif aufgestellt, blickte er mit gespitzten Ohren zum Tor der Halle. Wenig später hörte auch ich das Tuckern des Dieselmotors vom alten Vereins-Lkw, mit dem Gunter und ein paar andere Männer in den Taunus gefahren waren, um einen Weihnachtsbaum und Tannenzweige für die Reithalle zu holen.

»Won Da Pie«, lockte ich mein Pferd und hielt ihm ein Leckerli entgegen. »Komm her, na komm!«

Der braune Wallach wandte den Kopf. Seine Ohren spielten vor und zurück. Er setzte sich in Bewegung und kam in einem imposanten Trab mit geblähten Nüstern auf mich zu, jeder Muskel angespannt. Sein Fell dampfte in der kalten Luft. Wenig später nahm er den Leckerliwürfel von meiner Handfläche und blickte mich kauend aus seinen dunklen Augen an. Mein Herz klopfte vor Glück und Freude über das Zutrauen meines Pferdes, das neben mir her zur Bande schritt und sich bereitwillig die Trense anlegen ließ. Ich klopfte ausgiebig seinen Hals. Manchmal konnte ich es noch immer nicht richtig fassen, dass dieses wunderbare Pferd ganz allein mir gehörte. Das war wirklich ein tolles Gefühl.

Während ich Won Da Pie die Hufe auskratzte, öffneten die Männer die Verladerampe des Lkw.

»Das war meine letzte Fahrt mit dieser Schrottschüssel!«, schimpfte Gunter. »Die Reifen sind sicher so alt wie das ganze Ding!«

»Keine Entschuldigung für dein mangelndes fahrerisches

Können«, frotzelte Simon. »Du bist mindestens fünfmal halb durch den Straßengraben geschrammt.«

»Das nächste Mal kannst du ja fahren, du Schlaumeier«, schnappte Gunter humorlos.

»Am besten bringst du den Lkw gleich in die Halle«, schlug Oliver vor. »Sonst müssen wir das ganze Zeug über den Hof schleppen.«

»Stimmt«, sagte Gunter nach kurzem Überlegen.

»Sollen wir etwa noch mal diese Rampe hochklappen?«, beschwerte sich einer der Männer. »Die wiegt mindestens eine Tonne!«

Mit vereinten Kräften gelang es ihnen, die schwere Verladerampe wieder zu schließen und Gunter kletterte in das Fahrerhäuschen des orangefarbenen Ungetüms. Ich führte Won Da Pie schnell über den Hof in seine Box und legte ihm eine Abschwitzdecke über.

Im Taunus schneite es offenbar schon stärker als hier unten bei uns, denn die Bäume und Tannenzweige waren voller Schnee. Ich zog Reithandschuhe und Jacke an und half den anderen, das ganze Grünzeug abzuladen und an die Bande zu lehnen. Mit einem Strohbesen klopfte Simon den Schnee ab. Isa, Merle, Gaby und Cordula kamen voll beladen vom Einkaufen zurück. Sie hatten Lametta, Christbaumkugeln und viele andere Sachen für die morgige Feier besorgt. Um fünf Uhr zählte Gunter fünfundzwanzig Leute, die zum Hallenschmücken erschienen waren. Sogar ein paar Erwachsene hatten sich eingefunden. Alex holte aus der zweiten Sattelkammer die elektrischen Lichterketten. Besser gesagt, er schloss die Tür auf und beaufsichtigte

Karsten und Ralf, die die Kisten schleppen mussten. Herr Kessler überließ Alex das Kommando und stielte gemeinsam mit Herrn Schlichte, Herrn Friedrich und Herrn Herzinger den größten Baum ein, der in der Mitte des Hofs stehen sollte. Wir Jugendlichen packten den Christbaumschmuck aus und befestigten Kugeln und Lametta an den Tannenzweigen. Natürlich hatte Alex sich wieder eine der leichtesten Arbeiten herausgesucht, indem er die Lichterketten aus den Kisten holte.

»Völlig verheddert, das Zeug«, bemerkte er nach ein paar Minuten, noch ganz ruhig und gelassen.

Gaby, Jutta und Annika kehrten den Staub von der Bande, Isa und Merle putzten die Fensterscheiben des Kasinos und die Hallenspiegel. Kalt war niemandem von uns mehr.

»An so ein Problem muss man mit System und Konzentration gehen«, verkündete Alex gerade großspurig. Herr Kessler fuhr den Traktor in die Halle und Oliver und Karsten hockten sich in die Schaufel des Frontladers. Auf diese Weise konnten sie die geschmückten Zweige einfacher an der Wand anbringen. Nebenbei vollführten sie artistische Kunststücke, die uns alle zum Lachen brachten.

»Hoffentlich gibt's bald was zu essen!«, rief Karsten. »Ich hab Hunger wie ein Wolf!«

»Dann beeil dich und veranstalte nicht so ein Theater da oben!«, erwiderte Herr Kessler. Just in diesem Moment riss Alex der Geduldsfaden.

»Welcher verblödete Idiot hat diese beschissenen Lichterketten letztes Jahr einfach in diese Dreckskisten gestopft?«, brüllte er plötzlich. Vorbei war es mit System und Konzentration.

»Das war ich«, gab Herr Kessler zu. »Aber ich dachte, ich hätte sie ordentlich aufgewickelt.«

»Wahrscheinlich hast du sie mit deinem konzentrierten System erst richtig verheddert«, tönte Simon aus der sicheren Höhe der Leiter, auf der er stand.

»Ich hol dich gleich da runter, Orthmann!«, fluchte Alex.

Wir stießen uns an und grinsten verstohlen.

»Lassen Sie mich mal.« Frau Seifert nahm ihm das Knäuel aus Kabeln und Lämpchen aus den Händen und machte sich gemeinsam mit Frau Schlichte daran, das Chaos zu entwirren.

»So.« Kaum war Alex die Arbeit los, war er schlagartig wieder guter Dinge und rieb sich die Hände. »Na, die Aufgaben scheinen ja gut verteilt zu sein. Ich gehe hoch ins Kasino und beaufsichtige euch von dort aus.«

Als er gerade mit großen Schritten die Halle verlassen wollte, hielt Gunter ihn zurück.

»Kannst du wohl eben den Lkw aus der Halle fahren, Alex?«, rief er.

»Hat jemand was zu mir gesagt?« Alex blickte sich erstaunt um, und schon war er verschwunden. Gunter schüttelte nur den Kopf und stieg selbst in den Lkw.

Um kurz vor halb sieben fuhr Herr Dittmann, der im Vorstand das Amt des Vergnügungswarts innehatte, mit seinem VW-Bus auf den Hof. Gemeinsam mit seinem nur sehr mäßig vergnügten Sohn Rainer schleppte er allerhand leckere Sachen in den Stall.

»Mensch, hat der eine Laune«, sagte ich, als Rainer nicht einmal meinen Gruß erwiderte.

»Wahrscheinlich hat er seit einer Viertelstunde nichts mehr zwischen die Zähne gekriegt«, kicherte Doro. Der Ärmste hatte wirklich schon beinahe dieselbe Figur wie sein fettleibiger Vater, der vor ein paar Jahren das Reiten aufgegeben hatte, weil er wohl keinem Pferd mehr seine geschätzten zweihundert Kilo zumuten wollte.

»Sei doch nicht so fies«, rügte Cordula meine Freundin. »Es kann nicht jeder so spindeldürr sein wie du.«

Sie war immer schrecklich moralisch und absolut humorlos. Doro und ich nannten sie heimlich »die Spitzmaus«, weil sie eine blasse Person mit einer spitzen Nase war. Aber da sie ziemlich gut reiten konnte, respektierten wir sie dennoch.

»Na, zwischen Rainer Dittmann und spindeldürr gibt's ja auch noch was«, mischte Gaby sich nun ein. »Mit fünfzehn muss man nicht so dick sein.«

Gaby war die Voltigierlehrerin der Turniergruppe und das genaue Gegenteil von Cordula. Immer ein bisschen zerzaust, fröhlich und für jeden Spaß zu haben. Wir waren schon ein bunt zusammengewürfelter Haufen im Stall, aber zwei Dinge hatten wir eben alle gemeinsam, und das waren die Liebe zu den Pferden und die Freude am Reiten.

Gunter und Herr Friedrichs hängten noch die inzwischen entwirrten Lichterketten an den Weihnachtsbäumen in der Halle und im Hof auf, der Traktor wurde aus der Halle gefahren und Herr Kessler schaltete die großen Neonröhren an der Hallendecke aus. Hunderte von Glühlämpchen tauchten die Reithalle in ein sanftes Licht. Aus den Lautsprechern klang »White Christmas« von Bing Crosby und wir bewunderten unser gelungenes Werk in andächtigem Schweigen. Viel feierlicher konnte einem selbst an Heiligabend nicht zumute sein.

Herr Kessler ließ die Neonröhren wieder aufflammen. »Das habt ihr prima gemacht. Und jetzt ab in den Stall und essen!«

Das ließen wir uns nicht zweimal sagen. Im hinteren Teil der Stallgasse hatte Herr Dittmann einen Wurstwärmer aufgebaut, es gab Würstchen, Kartoffelsalat und Brot. Links und rechts von der Stallgasse lagen Strohballen, auf denen man sich niederlassen konnte.

Alex saß natürlich schon mit einem Teller auf den Knien da und mampfte.

»Hey, lasst uns auch noch was übrig!«, rief Beate, als sie Oliver, Karsten und Simon mit jeweils vier Bockwürstchen und einem gewaltigen Berg Kartoffelsalat kommen sah.

»Kein Futterneid!« Herr Dittmann fuchtelte mit der Wurstzange. »Es ist genug für alle da.«

»Lasst mal die Beate vor«, stichelte Gunter. »Sie ist schon ganz blass vor Hunger.«

»Na toll!« Beate war beleidigt. »Jetzt stehe ich wieder als die Verfressene da. Ihr seid alle blöd!«

Herr Dittmann zauberte im Rekordtempo Würstchen aus dem heißen Wasser und schaufelte Berge von Kartoffelsalat auf unsere Pappteller. Rainer schenkte Cola und Glühwein aus.

Wenig später saßen wir dicht gedrängt auf den Strohballen und aßen. Doro hatte Corsarios Box geöffnet und nur einen Strick davorgespannt. Der Schimmel war ein geselliges Pferd und streckte neugierig die Nase auf die Stallgasse. Es war Alex, der mit seinem dritten Glühwein zu dicht an ihm vorbeiging. Corsario wollte ihn freundlich anstupsen, erwischte aber leider den Becher, und schon schwappte der Glühwein über Alex' uralte speckige Lederjacke.

»Du Mistvieh, du dämliches!«, fluchte Alex zornig und wedelte mit der Faust vor Corsarios Nase herum. Wir duckten uns und konnten nur mühsam ein Kichern unterdrücken.

»Wem gehört dieses hinterhältige Biest?«, fragte Alex humorlos. »Der kriegt die Rechnung von der Reinigung! Ich habe die Jacke zum Abitur bekommen. Sie hat mal sechshundert Mark gekostet!«

»Noch Reichsmark oder schon D-Mark?«, erkundigte sich Rainer Dittmann trocken. Da lachten wir alle los. Selbst Alex, der zuerst noch versucht hatte, böse dreinzuschauen, musste grinsen.

»Ein Punkt für dich«, sagte er zu Rainer und hielt ihm seinen leeren Becher hin. »Los, nachschenken! Aber flott!«

Als wir gegessen hatten, verdrückten Karsten, Oliver, Ralf, Bille, Beate, Doro und ich uns in den Raum mit den Schließfächern, der ganz am Ende des Flurs lag. Von den Privatreitern, die einen Schlüssel für diesen Raum hatten, war niemand mehr im Stall, deshalb erschien uns das Risiko, von jemandem überrascht zu werden, ziemlich gering. Doro hatte von der Schulfeier eine Flasche Sekt mitgebracht und am Mittag schon in ihrem Spind versteckt.

»Ich mach die Flasche auf«, bot Karsten an. Wir streckten ihm unsere leeren Becher entgegen und warteten ungeduldig, aber der Sektkorken widerstand Karstens Bemühungen beharrlich.

»Das hab ich doch schon tausend Mal gemacht. Wieso geht das denn nicht?«, beschwerte er sich.

»Schüttle die Flasche doch mal«, schlug Oliver vor. »Dann kriegt der Korken mehr Druck.«

»Spinnst du?« Doro griff nach der Sektflasche, aber zu spät.

Karsten hatte sie ordentlich geschüttelt und zielte nun mit zusammengekniffenen Augen auf die Tür. Der Korken floppte in der Sekunde heraus, als die Tür aufging. Er knallte Alex mitten ins Gesicht und der Sekt sprudelte aus der Flasche wie bei der Siegerehrung eines Formel-1-Rennens.

»Hoppla«, sagte Karsten nur. Wir konnten mit Mühe ein Kichern unterdrücken. Es war auch zu komisch.

»Was heißt hier *Hoppla*?« Alex stemmte die Arme in die Seiten und furchte bedrohlich die Stirn. »Das war eine gefährliche Körperverletzung mittels eines gefährlichen Werkzeugs nach § 224 StGB, mein lieber Freund!«

Sein grimmiger Blick wanderte über unsere Gesichter. Er schnupperte wie ein Kaninchen, und ich hatte das Gefühl, jeden Moment platzen zu müssen vor Lachen.

»Ich hab's mir doch gedacht, als ich euch alle mit den Plastikbechern habe wegschleichen sehen«, sagte Alex.

»Und jetzt muss ich die Feststellung machen, dass hier von Personen unter sechzehn Jahren *Alkohol* konsumiert wird! Was bedeutet das, Mirwald?«

»Verstoß gegen das Jugendschutzgesetz, Herr General«, erwiderte Oliver und lächelte Alex treuherzig an.

»Sehr richtig.« Alex blickte erneut drohend in die Runde.

»Als verantwortungsbewusster Erwachsener müsste ich den Fusel eigentlich konfiszieren. Aber …«

Er machte eine bedeutungsvolle Pause und da war es um mich geschehen. Ich prustete los und die anderen lachten mit. Wir bogen uns vor Lachen. Alex hob nur die Augenbrauen.

»Ich war ja auch mal jung. Habt ihr noch einen Becher für einen alten Ministranten?«

Ich musste noch mehr lachen. Karsten drückte Alex einen Becher in die Hand und versuchte, das letzte bisschen Rest Sekt, das sich noch in der Flasche befand, gerecht auf acht Becher zu verteilen. Mehr als ein Schluck für jeden war nicht mehr da, aber darum ging es gar nicht. Wir prosteten uns zu und tranken.

»Genau genommen«, bemerkte Beate, »hast du dich jetzt von uns bestechen lassen, oder?«

»Genau genommen«, entgegnete Alex würdevoll, »habt ihr mich bestochen, um eine Ordnungswidrigkeit zu verdecken. Jeder hat so seine Schwächen.«

Er drückte Karsten seinen leeren Becher in die Hand und klopfte Oliver auf die Schulter.

»Also weitermachen, Männer! Wir sehen uns morgen.«

Und damit war er verschwunden. Wir hockten noch eine

Weile zusammen und quatschten, aber um acht verließen wir den Stall.

»Du bist ganz rot im Gesicht«, sagte Oliver auf einmal zu mir.

»Deine Pickel glühen«, bestätigte Karsten, der mir die Fotos für den Pickelprospekt und die hundert Euro noch immer nachtrug.

»Ich hab doch grad überhaupt keine Pickel«, widersprach ich.

»Aber glühen tust du trotzdem.« Oliver packte mich am Arm und Karsten griff mit beiden Händen in den Schnee.

»Nein!!!«, kreischte ich, aber ich hatte keine Chance, ihnen zu entkommen.

Im Nu war eine Schneeballschlacht im Gange, an der sich wenig später auch alle anderen beteiligten, die eben noch auf der Stallgasse gesessen und gequatscht hatten. Wir bewarfen uns gegenseitig mit dem pulvrigen Schnee, wälzten uns in der weißen Pracht, die unaufhörlich vom Himmel rieselte. Obwohl sich die Jungs erbittert wehrten, waren wir Mädchen ihnen zahlenmäßig überlegen, und so waren zum Schluss nicht nur wir bis auf die Knochen durchnässt.

Erschöpft und lachend verabschiedeten wir uns voneinander, als in der Reithalle die Lichter ausgingen, und liefen durch den Schnee nach Hause.

Das war ein herrlicher letzter Schultag gewesen!

»Findest du nicht auch, dass die Stimmung im Stall viel besser ist als früher?«, fragte ich Doro.

»Genau darüber hab ich grade nachgedacht«, erwiderte

meine Freundin. »Seit Inga weg ist, gibt es überhaupt keine Streitereien mehr und wir verstehen uns alle gut.«

»Ja, das stimmt.« Ich nickte. »Es ist einfach herrlich! So müsste es für immer bleiben!«

Eine traurige Entscheidung

Am nächsten Morgen konnte Corsario nicht mehr auf seinen rechten Vorderfuß auftreten. Sein Bein war dick angeschwollen und Herr Kessler, den Doro sofort gerufen hatte, machte ein ernstes Gesicht.

»Er hat einen Bogen auf der Sehne«, stellte er fest. »Offenbar hat er sich bei dem Sturz gestern doch schlimmer verletzt, als ich angenommen habe.«

Er richtete sich auf und humpelte davon, um den Tierarzt anzurufen. Kaum eine halbe Stunde später traf der junge Assistenztierarzt von Dr. Feldman, der Corsario vor ein paar Monaten untersucht hatte, im Stall ein. Er kniete neben dem Schimmel im Stroh und befühlte vorsichtig das angeschwollene Bein. Corsario zuckte bei jeder Berührung zusammen.

»Das sieht nicht gut aus«, sagte der Tierarzt und schüttelte bedauernd den Kopf. »Die tiefe Beugesehne ist verletzt. Um wirklich feststellen zu können, was er hat, musst du ihn zu uns in die Klinik bringen.«

»Ist es sehr schlimm?« Doro streichelte besorgt Corsarios Nase.

Der Tierarzt wiegte nachdenklich den Kopf. »Es ist kein gutes Zeichen, dass er gar nicht mehr auf den Fuß auftreten will«, erwiderte er. »Ein Sehnenschaden ist zwar eine sehr langwierige Sache, aber durchaus heilbar. Ich vermute allerdings eine Verletzung des Fesselträgers, doch das müsste man mit einem Ultraschallgerät überprüfen.«

Mich überlief es bei diesen Worten kalt. Das waren alles andere als gute Nachrichten, und das eine Woche vor Weihnachten! Doro ging nach Hause, um ihren Eltern diese Hiobsbotschaft zu überbringen. Herr Kessler hatte sich bereit erklärt, Corsario in die Tierklinik zu transportieren, falls Doros Eltern einverstanden sein sollten. Schon eine halbe Stunde später kehrte meine Freundin in Begleitung ihres Vaters zurück.

Corsario sollte in die Klinik gebracht und dort untersucht werden.

»Die Chance hat der arme Kerl verdient«, sagte Doro zu mir. »Du kommst doch mit, oder?«

»Klar!« Ich konnte meine beste Freundin in einer solchen Situation unmöglich im Stich lassen. Ich rief zu Hause an und erklärte den Notfall. Da heute Samstag und überdies Ferien waren, hatte meine Mutter nichts dagegen einzuwenden, dass ich das Mittagessen ausfallen ließ.

Auf dem Hof vor dem Stall hatte Herr Kessler bereits den Pferdeanhänger an seinen Mercedes gehängt und rangierte ihn nun vor den Stall. Die Schmerzspritze, die der Tierarzt Corsario gegeben hatte, wirkte, und der Schimmel kletterte brav auf den Anhänger, wie er es wohl schon Hunderte Male in seinem Leben als Turnierpferd getan hatte. Mir zog sich das Herz zusammen. Ich hatte kein gutes Gefühl. Herr Friese setzte sich auf den Beifahrersitz, Doro und ich nahmen auf der Rückbank Platz. Während der Fahrt erklärte Herr Kessler Doros Vater, der genauso wie meine Eltern von Pferden und ihren Krankheiten nicht den geringsten Schimmer hatte, was der Tierarzt vermutete.

Eine halbe Stunde später hatten wir die Pferdeklinik in einem kleinen Dorf im Taunus erreicht. Offenbar waren wir die Einzigen, die heute mit einem Patienten zur Untersuchung kamen; am Samstag war die Klinik eigentlich geschlossen – außer für Notfälle. Der junge Tierarzt kam aus dem Haus und öffnete uns das große Hoftor. Ich blickte mich neugierig um. Noch nie war ich in einer Pferdeklinik gewesen, ja ich hatte nicht einmal gewusst, dass es so etwas gab. Auf den ersten Blick sah es aus wie auf einem Bauernhof. Ich schaute in einige der Boxen, die auf der rechten Seite des Hofes lagen, und schauderte, als ich ein Pferd mit einem Verband um den Kopf erblickte und in der Nachbarbox eines, das teilnahmslos mit gesenktem Kopf und verbundenen Vorderbeinen dastand. Nun erschien auch Dr. Feldmann und begrüßte uns. Doro und ich luden Corsario aus und meine Freundin führte ihn auf den gepflasterten Hof.

»Na, Corsario, alter Freund«, begrüßte Dr. Feldmann den Schimmel und klopfte ihm den Hals. »Was machst du denn für Sachen, hm?«

Er kannte den Schimmelwallach aus dessen Glanzzeiten von vielen Turnieren, auf denen Corsario in zahlreichen Springprüfungen Schleifen und Pokale errungen hatte. Der junge Tierarzt öffnete eine große Tür zu unserer Linken, an der ein Schild mit der Aufschrift »Achtung – Röntgenstrahlen!« angebracht war, und Doro führte ihr Pferd in einen Raum, der mit Gummiboden ausgelegt war. Dr. Feldmann rangierte das fahrbare Röntgengerät vor das Pferd, dann mussten sein Assistent und Doro schwere Bleiwesten anziehen. Herr Friese, Herr Kessler und ich warteten draußen.

Schon nach zehn Minuten war die Prozedur vorbei und wir durften wieder hinein. In einem kleinen Zimmer neben dem Röntgenraum hing ein Lichtkasten an der Wand, an den Dr. Feldmann nun einige Röntgenbilder heftete. Weiß leuchteten Corsarios Knochen vor dem dunkelgrauen Hintergrund.

»Und?«, fragte Doro ungeduldig. Der Tierarzt lächelte. Für ihn war das hier sein tägliches Brot, er war die Ruhe selbst.

»Zuerst machen wir noch ein Ultraschallbild von dem verletzten Bein«, sagte er. Dabei durften wir zusehen, denn bei einer Ultraschalluntersuchung gab es keine gefährlichen Strahlungen. Neugierig beobachtete ich, wie der junge Tierarzt das Fell an Corsarios Bein mit einem Rasierer entfernte. Der Schimmel ließ sich die Behandlung gleichmütig gefallen. Er stand wie festgewachsen da, in seinen dunklen Augen lag Vertrauen. Ob er wusste, dass man ihm helfen wollte?

Dr. Feldmann hatte unterdessen ein anderes Gerät herbeigeholt, einen hellen Kasten mit einem Monitor. Er gab ein Gel auf die Ultraschallsonde und fuhr damit langsam über das Bein des Pferdes. Das schien Corsario unangenehm zu sein. Er hob das Bein und machte einen Schritt rückwärts. Doro führte ihn wieder nach vorn, der junge

Tierarzt ergriff Corsarios gesundes Bein und hob es hoch. Aber es gefiel dem Schimmel nicht, auf drei Beinen stehen zu müssen, dazu noch auf dem Fuß, der ihm wehtat. Er legte die Ohren an, ging wieder rückwärts und schnaubte. Der junge Mann stieß einen leisen Fluch aus und musste das linke Bein loslassen. Herr Kessler nahm Doro den Führstrick aus der Hand, und der Tierarzt kam mit einem Holzstab wieder, an dem sich eine Seilschlaufe befand. Geschickt ergriff er Corsarios Oberlippe und drehte die Schlinge wie einen Knebel darum.

»Was ist das denn?« Ich war entsetzt. Das sah wirklich brutal aus.

»Eine Nasenbremse«, erklärte der Tierarzt. »Das tut ihm nicht weh. Der Druck auf die Oberlippe löst den Ausstoß beruhigender Stoffe im Gehirn des Pferdes aus und wirkt deshalb wie eine Sedierung.«

Ich glaubte ihm nicht ganz, aber er schien recht zu haben.

Corsario stand nun wieder ganz ruhig, die Augen halb geschlossen, als hätte er eine Beruhigungsspritze bekommen, und ließ die Ultraschalluntersuchung ohne einen Mucks über sich ergehen. Der Drucker des Geräts spuckte schwarz-weiße Bilder aus, die den Röntgenbildern ähnelten, im Unterschied zu diesen aber die Weichteile wie Sehnen und Bänder darstellten, nicht die Knochen. Und das, was Dr. Feldmann darauf sah, schien ihm nicht zu gefallen. Er verschwand mit seinem Assistenten in dem kleinen Büro und kehrte nach ein paar Minuten mit ernster Miene zurück.

»Ich habe leider keine guten Nachrichten«, sagte er zu Herrn Friese. »Corsario hat sich nicht nur die Beugesehne schwer gezerrt, sondern auch – was erheblich schlimmer ist – den Fesselträger angerissen. Bei einem jungen und ansonsten gesunden Pferd würde ich zu einer Behandlung raten, aber in diesem Fall sieht es anders aus. Auf den Röntgenbildern ist auch ein alter Bruch des Kronbeins zu erkennen, der zwar verheilt ist, aber leider schlecht. Dazu kommt die Hufrollensymptomatik an beiden Vorderbeinen.«

»Wie lange würde es dauern, bis das mit der Sehne ausheilt?«, wollte Doro wissen.

»Sicher ein paar Monate. Und dann besteht das Risiko, dass durch die Überlastung das andere Bein auch noch einen Schaden erleidet«, erwiderte Dr. Feldmann. »Ganz ehrlich: Er wird als Reitpferd nicht mehr zu gebrauchen sein, und wenn Sie ihn auf eine Koppel stellen, tun Sie ihm auch keinen Gefallen, denn er wird immer Schmerzen haben. Ich nehme an, er ist gestern gestürzt, weil er Schmerzen und Angst vor der Landung nach dem Sprung hatte. Das wird nicht anders werden, selbst wenn die Sehnenentzündung ausgeheilt ist.«

Für einen Moment war es ganz still.

»Was würden Sie uns raten?«, fragte Herr Friese den Tierarzt.

»Ich könnte Ihnen jetzt sagen, wir behandeln das Pferd und warten ab«, entgegnete Dr. Feldmann. »Aber Corsario ist ein altes Pferd, das in seinem Leben viel geleistet hat. Eine Behandlung ist langwierig und nicht billig. Darüber hinaus sind die Erfolgsaussichten alles andere als gut. Ich rate Ihnen, das Pferd nicht länger leiden zu lassen.«

Das Todesurteil für Corsario schien von den Wänden zu hallen. Ich warf Doro einen raschen Blick zu; sie trug es mit erstaunlicher Fassung. Hätte man mir so etwas gesagt, wäre ich wahrscheinlich in Tränen zerflossen.

»Ich hab es mir schon gedacht«, sagte Doro mit fester Stimme. »Er lief ja nie besonders gut. Und auch wenn's herzlos klingt: Ich möchte ein Pferd haben, auf dem ich reiten kann.«

»Das ist nicht herzlos, sondern vernünftig«, erwiderte Dr. Feldmann. »Du ersparst dem Pferd sehr viele Schmerzen. Ein Pferd, das nicht schmerzfrei laufen kann, hat kein schönes Leben mehr vor sich.«

Doro nickte und seufzte. Sie klopfte dem Schimmel den Hals, zerzauste seine Mähne.

»Was passiert jetzt?«, erkundigte sich Herr Friese. Ich bemerkte den Blick, den Dr. Feldmann und sein Assistent wechselten.

»Komm mit«, sagte der junge Tierarzt zu Doro. »Ich zeige dir die Box, in die du Corsario stellen kannst.«

Ganz klar, Doro und ich sollten nicht hören, was nun besprochen wurde. Wir folgten dem jungen Mann aus dem Behandlungsraum hinaus auf den Hof. Er öffnete eine der Boxen und Doro führte den Schimmel hinein.

»Du kannst die Decke und das Halfter mitnehmen«, sagte der Tierarzt. »Wir haben hier auch Decken und Halfter.«

»Als ob er das noch brauchte«, entgegnete Doro mit zusammengebissenen Zähnen. »Ich bin doch nicht blöd.«

Sie zog Corsario die Stalldecke aus und nahm ihm das Halfter ab.

Ich verließ die Box, damit meine Freundin Abschied von ihrem Pferd nehmen konnte. Abschied für immer.

Eine ganz besondere Weihnachtsfeier

»Ich bin noch aufgeregter als beim Reitabzeichen«, gestand mir Susanne, als wir in der halb offenen Hallentür standen und den Vorführungen der Anfängervoltigiergruppe mit Frau Schlichte zusahen, deren Auftritt der erste Programmpunkt unserer Weihnachtsfeier war.

»Es sind viel mehr Zuschauer da«, erwiderte ich. Zehn Meter der Reitbahn waren abgeteilt worden. Hinter der Absperrung drängten sich wohl sämtliche Angehörigen aller Vereinsmitglieder. Die Damen des Vereins hatten einen Stand aufgebaut, an dem sie Waffeln backten, Glühwein und heißen Orangensaft ausschenkten.

Der Parkplatz draußen und die ganze Straße standen voller Autos. Trotz des Schneefalls hatte sich niemand davon abhalten lassen, zur Weihnachtsfeier zu kommen. Im Stall herrschte kontrollierte Panik. Als Nächstes würde die Schulpferdequadrille auftreten. Zwölf Schulpferde mit zwölf aufgeregten Reitern waren kurz vor dem Durchdrehen. Hier lösten sich Zöpfchen in der Mähne, dort passte ein Sattelgurt nicht. Nur Herr Kessler behielt die Nerven und beschwichtigte seine Reiter. Endlich ertönte Applaus aus der Halle. Die Voltigierer hatten ihre Vorführung beendet und Frau Schlichte kam mit Sporty, dem Voltigierpferd der Anfängergruppe, in den Stall, gefolgt von fünfzehn ausgelassenen kleinen Mädchen, die ganz berauscht von ihrem ersten öffentlichen Auftritt waren. Natürlich folgten alle, die selbst nicht an der Quadrille teilnahmen, den Reitern in die Halle. Der Erste Vorsitzende nickte jedem der Reiter freundlich lächelnd zu. Dr. Gregori tauchte im Stall nur zu Feiern und offiziellen Veranstaltungen auf. Er war ein würdevoller Herr, den wir auf etwa achtzig schätzten, mit einem schneeweißen Haarkranz und einer Glatze voller Altersflecken. In seinem linken Ohr steckte ein Hörgerät. Es hieß, dass er in jungen Jahren Hindernisrennen und schwere Jagden geritten sei. Seine Frau trug einen bodenlangen Pelzmantel und war mit Gold und Brillanten behängt. Ihr schneeweißer Pudel hatte denselben Blaustich im Fell wie sie in ihrem Haar.

Doro, Isa, Merle, Gunter und ich standen am Waffelstand. Gunter schüttelte den Kopf, als Simon nun einfach an dem Ersten Vorsitzenden vorbeilatschte und dessen ausgestreckte Hand übersah.

»Du hast echt keinen Anstand im Leib!«, fuhr Gunter ihn an.

»Mein Gott, blas dich nicht so auf«, entgegnete Simon und griff sich einen Becher mit heißem Orangensaft. »Nur weil der Typ vor hundert Jahren mal ein paar Rennen gewonnen hat, muss ich ihm doch nicht die Füße küssen.«

»Ich glaube, es würde ihm schon reichen, wenn du ihm die Hand gibst«, sagte Isa trocken.

»Phhh«, machte Simon nur und verdrehte die Augen.

Während wir vor Herrn Stark oder Alex' Vater, dem Zweiten Vorsitzenden, großen Respekt hatten, war Herr Dr. Gregori für uns alle eine etwas nebulöse Figur.

»Auf die sportlichen Erfolge kommt es doch gar nicht an«, sagte Gunter, der manchmal ein ganz schöner Spießer sein konnte. »Der Erste Vorsitzende muss in erster Linie den Verein repräsentieren. Und Herr Dr. Gregori kennt alle und jeden. Das ist wichtig.«

»Seine Frau sieht auf jeden Fall selbst aus wie ein Weihnachtsbaum«, bemerkte Doro mit ihrer typisch spitzen Zunge. »Fehlen nur noch die Lichterketten.«

Wir kicherten. Nur Gunter machte ein strenges Gesicht.

Die Schulpferdequadrille klappte entgegen allen Befürchtungen wie am Schnürchen. Alle Pferde benahmen sich mustergültig und die zwölf Reiter und Reiterinnen bekamen tosenden Applaus. Während sie noch trocken ritten, kamen Isa und Nicole mit Natimo und Natascha in die Halle. Ihr *Pas de Deux* würde einer der Höhepunkte der Feier sein. Herr Stark kündigte die beiden Reiterinnen über das Mikrofon an und zählte ihre zahlreichen Turniererfolge auf.

»Hach«, sagte Cordula schwärmerisch. »Ich wünschte, ich könnte so reiten!«

Doro, Ralf, Karsten, Oliver und ich genehmigten uns einen dritten heißen Orangensaft. Wir hatten noch genug Zeit, denn nach dem *Pas de Deux* würde die Voltigiergruppe mit Gaby auftreten.

»Na, trinkt ihr euch Mut an?«, erkundigte sich Alex spöttisch. »Passt nur auf, dass ihr nicht gleich betrunken von euren Pferden fallt! Obwohl das sicher ganz komisch wäre.«

»Wir trinken doch gar keinen Glühwein«, sagte Doro empört.

»Idiot«, zischte Karsten, und Alex ging lachend weiter, um sich weiter vorn einen besseren Platz zu sichern.

»Pssst!«, machte Cordula und reckte den Hals. »Es fängt an.«

Zu den Klängen von *Jingle Bells* begannen Isa und Nicole ihren Ritt. Sie hatten in den letzten Wochen hart für diesen Auftritt trainiert und boten eine perfekte Vorführung. Obwohl mir Dressur längst nicht so gut gefiel wie Springreiten, so war ich doch immer wieder von Isas Reitkönnen fasziniert. Alles sah so leicht und anmutig aus, wenn sie den braunen Vollblüter Natimo im Viereck tanzen ließ. Atemlos sahen wir zu, wie die beiden Reiterinnen mit ihren Pferden Traversalen, fliegende Galoppwechsel, starken Trab und Galopppirouetten zeigten. Nicht ein einziges Mal ging etwas schief! Der Beifall für die beiden war so laut, dass die Pferde erschrocken scheuten. Aber Isa und Nicole strahlten trotzdem mit dem Weihnachtsbaum um die Wette. Gaby und die großen Voltigiererinnen trabten mit Flocki in die Bahn, und wir gingen los, um unsere Pferde zu satteln.

Ich schnallte gerade den Sattelgurt fest, als Herr Kessler und Herr Stark an die Box kamen.

»Sag mal, Charlotte«, begann der Reitlehrer, »wir hatten gerade eine Idee.«

Ich wandte mich um.

»Nachdem wir eben eine so hervorragende Dressur gesehen haben«, sagte Herr Stark, »haben wir uns gedacht, wir sollten unseren Zuschauern zeigen, dass wir auch ein sehr gutes Springpferd im Stall haben. Würdest du es dir zutrauen, nach der Quadrille noch ein paar höhere Hindernisse zu springen?«

»Wenn Sie meinen, dass ich das kann.« Ich war unsicher. In der Gruppe zu reiten war okay, aber alleine vor so vielen Leuten?

»Ich denke schon.« Herr Kessler lächelte ermutigend. »Das soll ja kein Mächtigkeitsspringen werden. Einfach nur ein paar Sprünge.«

»Okay.« Prompt war die Aufregung wieder da. Meine Finger zitterten, als ich die Gamaschen an Won Da Pies Beinen festschnallte. Ich warf meinem Pferd eine Decke über. Warum hatte ich bloß Ja gesagt? Sie wären sicher nicht sauer auf mich gewesen, hätte ich abgelehnt! Ich erinnerte mich an Ingas Vorwurf, ich wolle immer im Mittelpunkt stehen und mich als große Springreiterin feiern lassen. Stimmte das? Hatte ich aus Eitelkeit nicht Nein gesagt? Won Da Pie rieb sich an meinem Arm.

»Lass mich bloß nicht hängen«, sagte ich zu ihm. »Hörst du? Wenn du gleich brav springst, kriegst du einen Extrasack Möhren. Das verspreche ich dir!«

Wenig später führte ich mein Pferd mit weichen Knien über den Hof. Ich hatte gehofft, dass die meisten Zuschauer nach dem Voltigieren hoch ins Kasino gegangen oder nach Hause gefahren wären, aber zu meiner Überraschung drängten sich gut doppelt so viele Leute auf der Tribüne, im abgesperrten Bereich der Halle und hinter den Fenstern des Kasinos. Gunter, Alex, Herr Kessler und ein paar andere Männer bauten in Windeseile die kleinen Sprünge auf. Ich sah irgendwo in der Menge die Gesichter meiner Eltern und winkte ihnen zu. Die anderen kamen auch, wir saßen auf und ritten ab. Mittlerweile war es stockdunkel und die Halle sah wunderbar weihnachtlich aus, allerdings würden für das Springen die großen Lampen wieder eingeschaltet werden.

Won Da Pie platzte vor Energie. Die vielen Menschen, die ungewohnten Tannenzweige, die Hindernisse in der Bahn – das regte ihn alles auf. Er verspannte sich, warf den Kopf hoch und plötzlich fürchtete ich, dass er bocken und mich abwerfen würde. Die Schulpferde waren alle schon einmal gegangen und störten sich nicht mehr an dem Tumult, selbst der junge Schimmel, auf dem Dorothee saß, blieb gelassen. Aber Won Da Pie wurde immer nervöser. Er scheute und warf sich zur Seite. Herr Stark bemerkte wohl, dass ich Probleme hatte, und bat das Publikum über sein Mikrofon um Ruhe. Trotzdem hatte ich alle Hände voll zu tun. Der Schweiß lief mir über den Rücken, und als ich angaloppierte, explodierte das Pulverfass, in das mein Pferd sich verwandelt hatte. Won Da Pie bockte, dass es nur so krachte. Es war mucksmäuschenstill geworden. Die anderen parierten ihre Pferde durch. Ich presste verzweifelt die Knie an die Pauschen und beglückwünschte mich zu der Entscheidung, dass ich mir einen richtigen Springsattel gekauft hatte. Nur nicht runterfallen! Anstatt an den Zügeln zu zerren, ließ ich mein Pferd galoppieren. Und auf einmal machte es mir Spaß! Won Da Pie wollte mich nicht abwerfen! Er war eben jung und übermütig und genauso aufgeregt wie ich. Schließlich hörte er auf zu bocken und galoppierte brav um die ganze Bahn. Er kaute am Gebiss, wurde locker. Ich hatte es geschafft! Grinsend parierte ich zum Trab durch und klopfte seinen Hals.

»Alles klar, Charlotte?«, fragte Herr Stark.

Ich nickte. Es konnte losgehen! Die Musik setzte ein, das große Licht ging an, wir formierten uns, wie wir es geübt hatten. Und nach der alten Regel, dass eine Generalprobe schiefgehen muss, damit die Premiere gelingt, lief alles wie am Schnürchen. Unsere Pferde sprangen einwandfrei, das spektakuläre Kreuzen passte auf den Millimeter. Wenig später wurden auch wir mit donnerndem Applaus belohnt. Wir strahlten, beglückwünschten uns gegenseitig und freuten uns, bis mich Herr Stark aus meiner Erleichterung riss.

Ich springe über meinen Schatten

»Bevor wir zum gemütlichen Teil unserer Weihnachtsfeier übergehen«, tönte seine Stimme aus den Lautsprechern, »möchten wir Ihnen gerne noch zeigen, dass es in unserem Verein nicht nur in der Dressur, sondern auch im Springen besondere Talente gibt. Charlotte Steinberg wird uns mit ihrem Pferd Won Da Pie, einem sechsjährigen französischen Wallach von Quidam de Revel, demonstrieren, wie Springreiten aussieht!«

Die Männer bauten einen Oxer, eine Triplebarre und einen Steilsprung auf. Meine Mitstreiter von der Springquadrille verließen die Bahn. Kein einziger Zuschauer wich von seinem Platz, im Gegenteil: Es wurden noch mehr. Ich befürchtete schon, dass Won Da Pie wieder wild werden könnte, wenn er alleine in der Halle zurückbleiben musste, aber er war ganz gelassen und ging im Schritt mit gespitzten Ohren. Herr Kessler erklärte mir, in welcher Reihenfolge ich die Hindernisse springen sollte. Zuerst waren die drei Sprünge nicht viel höher als vorhin bei der Quadrille. Won Da Pie sprang, ohne sich auch nur anzustrengen. Dann wurden die Hindernisse erhöht.

»Nun sehen Sie einen kleinen Parcours, der ungefähr den Abmessungen der Klasse A entspricht«, kommentierte Herr

Stark. Wieder hatten mein Pferd und ich keine Probleme. Die Zuschauer klatschten und ich lobte Won Da Pie.

»Möchtest du es noch etwas höher versuchen?«, fragte Herr Kessler mich.

Mein Blick fiel auf Alex, der neben Nicole an der Bande lehnte. Ich erinnerte mich an seine Worte bei der ersten Springstunde. »*Oder hast du etwa Schiss?*«

Ja, ich hatte Schiss, wenigstens ein bisschen! Aber ich wollte nicht nach diesen kleinen Sprüngen aufhören. Ich wollte es mir selbst beweisen, dass Won Da Pie und ich mehr konnten.

»Klar«, sagte ich also zu Herrn Kessler, der zufrieden nickte. So hoch war ich noch nie gesprungen! Gar nicht nachdenken, sagte ich mir.

Won Da Pie zögerte keinen Augenblick. Ich hatte das Gefühl, dass es ihm jetzt erst richtig Spaß machte. Er war konzentriert, zog die Hindernisse an, und ich wusste jedes Mal vorher, dass es genau passte.

Ich hatte ein großartiges Gefühl auf seinem Rücken, spürte, wie er sich fliegen ließ. So also fühlte sich das Springen wirklich an! Keine Stange fiel hinunter und plötzlich wollte ich mehr.

»Sehr gut«, ertönte die Stimme von Herrn Kessler aus den Lautsprechern. »Das war's! Danke, Charlotte und Won Da Pie, das habt ihr …«

»Ich würde es gerne noch etwas höher versuchen«, unterbrach ich den Reitlehrer und konnte selbst kaum glauben, dass ich so etwas sagte. Da standen sie alle: Simon, Dani, Annika, Isa, Merle, Susanne, Beate, Alex und Nicole, die Hände schon zum Applaudieren erhoben. Auch meine Eltern erkannte ich in der ersten Reihe, neben dem Ehepaar Gregori.

»Okay.« Herr Kessler nickte, winkte Gunter und alle Sprünge wurden nochmals um drei Löcher erhöht.

»Meine Damen und Herren!« Herr Stark räusperte sich. »Bitte treten Sie alle ein paar Meter zurück und ziehen Sie die Absperrung mit. Für diese Höhe braucht das Pferd ein wenig mehr Platz. Der Steilsprung ist nun etwa eins dreißig hoch, der Oxer ebenfalls und dazu ungefähr eins fünfzig breit. Die Triplebarre ist etwa eins fünfzig tief und an der hintersten Stange eins dreißig hoch. Das entspricht den Abmessungen eines M-Springens!«

Ich wartete, bis die Zuschauer mehr Platz gemacht hatten. Es wurde totenstill in der Halle, die Weihnachtsmusik war verklungen. Ich ließ Won Da Pie auf dem Zirkel galoppieren. Die Zuschauer nahm ich gar nicht mehr wahr, es gab nur noch mein Pferd und mich und diese drei Hindernisse, die höher waren als alles, was ich jemals bei uns auf dem Reitplatz gesehen hatte. Selbst Herr Lauterbach war mit Gento früher nicht so hoch gesprungen! Da kam schon der Steilsprung. Ich hielt Verbindung zum Pferdemaul, ließ mein Bein am Pferdebauch liegen, spürte, wie Won Da Pie anzog. Schon waren wir auf der anderen Seite. Nun folgte die Triplebarre. Mit gespitzten Ohren galoppierte mein Pferd hin, wir flogen hoch hinüber. Es war ein wundervolles Gefühl! Jede Angst fiel von mir ab. Im flotten Galopp kamen wir durch die Ecke, ich sah den Oxer und erkannte, dass es optimal passen würde, wenn ich noch einmal den Galoppsprung etwas verkürzte. Ich hielt nur leicht die Hand dran und Won Da Pie reagierte sofort auf diese feine Hilfe. Die letzten drei Galoppsprünge zog er an, und schon lag der Oxer hinter uns. Was für ein großartiger Moment! Ich strahlte über das ganze Gesicht und klopfte meinem Pferd dankbar den Hals. Die Zuschauer applaudierten und pfiffen begeistert. Sie waren ziemlich beeindruckt. Herr Kessler grinste stolz wie ein Honigkuchenpferd. Ich parierte durch zum Schritt.

»Supergeil!«, rief Doro mir zu. »Echt spitze!«

»Du hast wirklich Mumm, Steinberg.« Sogar Alex ließ sich zu einem anerkennenden Kommentar herab.

Wenn ihr alle wüsstet, dachte ich. Ich hab die Hosen ganz schön voll gehabt!

»Klasse, Lotte!«, rief mein Vater aus sicherer Entfernung. Nach wie vor waren ihm Pferde nicht geheuer. Ich ritt noch eine Weile Schritt in der Halle, während die fleißigen Helfer die Hindernisse abbauten und hinaustrugen. Die Zuschauer strömten lachend und redend durch den Stall hoch ins Kasino. Frau Schlichte und Frau Seifert verteilten an alle Kinder und Jugendlichen Weihnachtstüten. Als ich absaß und die Steigbügel hochschob, kam Herr Stark zu mir.

»Sag mal, Charlotte, bist du überhaupt schon einmal so hoch gesprungen?«, wollte er wissen.

»Nein.« Ich schüttelte den Kopf und grinste. »Aber auf einmal habe ich gemerkt, dass Won Da Pie springt, egal, wie hoch die Hindernisse sein würden.«

»Das habt ihr zwei sehr gut gemacht.« Er lachte. »Ich hätte nicht gedacht, dass du dich das trauen würdest.«

»Ich auch nicht«, gab ich zu. Mein Selbstbewusstsein war schlagartig gestiegen. »Dabei hatte ich früher immer echt Angst vor dem Springen.«

»Aber jetzt hast du ein richtig gutes Pferd.« Herr Stark klopfte Won Da Pie den Hals. »Nächstes Jahr solltet ihr beide wirklich Turniere reiten.«

Ich hatte noch keine Lust, hoch ins Kasino zu gehen. Nachdem ich Won Da Pie abgesattelt und ihm seine Stalldecke übergezogen hatte, öffnete ich die Zöpfchen in seiner Mähne. Er kaute gelassen seinen Hafer.

»Danke, mein Süßer«, sagte ich leise zu ihm. »Du bist das tollste, beste, großartigste Pferd der Welt. Ich bin so glücklich, dass ich dich habe. Mit dir habe ich vor nichts mehr Angst.«

Won Da Pie hob seine Nase aus dem Trog und blickte mich aus klaren dunklen Augen an, als ob er jedes Wort verstünde. Vor lauter Glück stiegen mir die Tränen in die Augen. Was war das für ein verrücktes, aufregendes Jahr gewesen! Noch vor einem halben Jahr war ich eine ängstliche Schulreiterin gewesen, hatte mich vor Hanko, Farina, Flocki, vor dem Springen und den Ausritten gefürchtet. Am Boden zerstört hatte ich erleben müssen, wie mein geliebtes Pflegepferd Gento verkauft worden war. Damals hatte ich geglaubt, ich müsste sterben, so schrecklich war mein Kummer gewesen. Aber dann war Won Da Pie in meinem Leben aufgetaucht. So viel war seitdem geschehen, Schönes und Schlimmes. Ich hatte neue Freunde in Frankreich gefunden, eine böse Enttäuschung erlebt und eine Freundin verloren, die nie eine gewesen war. Ich war in den Jugendvorstand gewählt worden und gemeinsam mit den anderen Jugendlichen und den Erwachsenen hatten wir heute eine tolle Weihnachtsfeier auf die Beine gestellt.

»Hey, Lotte!«

Ich fuhr herum, als ich Doros Stimme hörte. Verstohlen wischte ich mir eine Träne aus dem Gesicht.

»Wir warten alle auf dich«, sagte meine Freundin. »Wir wollen doch Herrn Kessler das Abschiedsalbum überreichen.«

Daran hatte ich vor lauter Aufregung und Glück überhaupt nicht mehr gedacht! Ich umarmte Won Da Pie zum Abschied noch einmal, dann ging ich hinaus und schloss auch die obere Türhälfte. Wir blickten uns an.

»Du warst echt cool«, sagte meine Freundin.

»Na, du aber auch«, erwiderte ich. »Mit einem Pferd, das du gar nicht kennst, bist du die Springquadrille geritten. Das hätte ich mich wohl nicht getraut.«

»Der springt ja auch super.« Doro lächelte, dann verdunkelte sich ihr Gesicht. »Ich hab auf ihm ein viel besseres Gefühl als auf Corsario. Irgendwie hab ich geahnt, dass ich ihn nicht mehr lange besitzen würde.«

»Ist schon Wahnsinn, was alles passiert ist, oder?«, sagte ich. »Ich bin total glücklich.«

Dann bekam ich sofort ein schlechtes Gewissen. Wie konnte ich glücklich sein, wenn meine beste Freundin gerade erst ihr Pferd verloren hatte? Gestern war es ihr gelungen, tapfer die Haltung zu bewahren. Erst im Auto war sie in Tränen ausgebrochen. Sie war nicht mehr in den Stall gekommen, sondern gleich mit ihrem Vater nach Hause gegangen.

»Für Corsario war es besser so.« Doro lächelte ein bisschen. »Du musst dir deswegen keine Gedanken machen. Hm. Was wohl Inga jetzt macht?«

»Keine Ahnung.« Ich zuckte die Schultern. »Wahrscheinlich denkt sie sich neue Lügengeschichten aus. Ich bin froh, dass ich sie nicht mehr sehen muss.«

»Mann!« Karsten tauchte vor uns auf. »Kommt ihr bald mal, ihr blöden Hühner? Ihr könnt euch auch oben anstarren und angrinsen.«

»Halt die Klappe, du Affe«, sagte Doro freundlich.

Karsten nahm ihr den Affen so wenig übel wie wir ihm die blöden Hühner. Wir waren eben Freunde.

HERZKLOPFEN

Herr und Frau Kessler waren völlig überrascht und zu Tränen gerührt, als Doro, Simon, Dani und ich ihnen stellvertretend für die Jugend des Vereins das Abschiedsfotobuch überreichten. Jeder hatte etwas geschrieben, Erinnerungen an schöne, aufregende und lustige Ereignisse aus den vier Jahren, die Herr Kessler Reitlehrer im Bad Sodener Reitverein gewesen war.

»Daran müsst ihr doch wochenlang gearbeitet haben«, sagte Herr Kessler. »Woher habt ihr denn so früh gewusst, dass ich den Verein verlassen werde?«

Mein Blick traf den von Alex, der neben der schönen Nicole am Tresen lehnte. Er zog die Augenbrauen hoch. Wahrscheinlich erinnerte er sich daran, mich in der Schmiedeecke gesehen zu haben, nachdem er das Gespräch mit Herrn Stark in der Sattelkammer geführt hatte.

»Früher oder später erfahren wir eben alles«, erwiderte ich.

»Aber es ist schon etwas gemein von Ihnen, uns gar nichts zu erzählen«, sagte Simon vorwurfsvoll. »Stellen Sie sich mal vor, wir wären über Weihnachten in Urlaub gefahren und hätten im Januar erfahren, dass Sie nicht mehr da sind!«

»Stimmt.« Herr Kessler lächelte. »Aber da mein Nachfolger erst am 1. Februar anfangen kann, bleibe ich euch einen Monat länger erhalten. Ich hatte vor, das heute Abend offiziell bekannt zu geben.«

»Ach, es gibt schon einen Nachfolger? Und wo gehen Sie hin?«, fragte Susanne, und dann bestürmten ihn alle.

Herr Stark klatschte in die Hände und sorgte für Ruhe.

»Herr Kessler hat vier Jahre lang unseren Verein auf vorbildliche Weise unterstützt und mit seiner Arbeit dafür gesorgt, dass es so viele aktive Mitglieder gibt wie seit vielen Jahren nicht mehr«, sagte er. »An dieser Stelle möchte sich der Vorstand im Namen aller Vereinsmitglieder dafür ganz herzlich bedanken.«

Das Kasino war so voll, wie ich es noch nie erlebt hatte, und der Applaus, der nun folgte, ließ die Fensterscheiben erzittern. Ich zog mein Handy heraus, um ein paar Erinnerungsfotos zu machen, und da sah ich auf dem Display eine 1 neben dem Briefsymbol. Ich hatte eine E-Mail bekommen! Neugierig öffnete ich das Mailprogramm, und mir blieb beinahe das Herz stehen, als ich den Namen des Absenders las: *Thierry Juneau*. Das durfte doch wohl nicht wahr sein! Das Blut rauschte so laut in meinen Ohren, dass ich kein Wort von Herrn Starks Rede mitbekam, und ich zitterte innerlich, als ich die Mail öffnete.

»*Charlotte!*«, hatte Thierry geschrieben, natürlich auf Französisch. »*Ich habe schon gedacht, du hast mich vergessen!!! Aber ich hatte deine Telefonnummer nicht und bei Facebook hast du nie auf meine Freundschaftsanfrage reagiert. (Ich hab dich nämlich gefunden, obwohl du kein Foto drin hast!)* ☺«

Tatsächlich hatte ich nie mehr bei Facebook reingeschaut und fast vergessen, dass ich dort überhaupt angemeldet war.

»Die Bilder von dir und Won Da Pie sind super. Weißt du noch, wie er mich abgeworfen hat? Ich war echt total sauer, als du dann plötzlich auf ihm gesessen hast, und kam mir wie der letzte Anfänger vor, aber … es freut mich riesig, dass ihr so einen Spaß habt. Ich reite wieder öfter, hab auch im Spätsommer ein paar Turniere geritten. Hier sind ein paar Fotos von mir, das Pferd kennst du, glaub ich. Hirondelle. Bisschen blöd, aber springt super.«

Er schrieb von Sophie, seiner Schwester, von Nicolas und Véronique, von der Schule. Ich konnte nicht fassen, wie lang die E-Mail war!

»… ab Januar mache ich so ein Austauschprogramm von der Schule aus mit. Hatte ich zwar nie Lust drauf, aber meine Eltern haben drauf bestanden, weil ich ziemlich miese Noten in Deutsch habe. Ich hab eine Gastfamilie in der Nähe von Frankfurt gefunden, die auch Pferde haben, das war meine Bedingung. Und bei Google Maps hab ich gesehen, dass das nicht so weit von dir weg ist: in Oberursel. Ich könnte Won Da Pie und dich ja mal besuchen kommen, wenn du willst …«

Lauter Applaus riss mich aus meiner Benommenheit. Plötzlich bemerkte ich, dass mich alle anstarrten.

»Grins ein bisschen und verbeug dich«, zischte Doro neben mir. Ich stand wie unter Schock.

»Thierry hat mir eine Mail geschrieben«, zischte ich zurück.

Herr Stark dankte dem Reitlehrer und allen Helferinnen

und Helfern für eine wunderschöne und gelungene Weihnachtsfeier. Danach eröffnete er den geselligen Teil. Lauter Erwachsene klopften mir auf die Schultern und lobten mich.

»Komm her, Miss Pickel.« Oliver ergriff mein Handgelenk und zog mich mit in Richtung Tresen. »Nicht, dass du noch größenwahnsinnig wirst.«

»Ich hab dir doch gestern schon gesagt, dass ich überhaupt keine Pickel mehr habe«, antwortete ich kratzbürstig und steckte mein Smartphone ein. Den Rest von Thierrys Mail musste ich später lesen.

Oliver musterte mich mit zusammengekniffenen Augen. »Wirklich«, stellte er fest. »Eine Haut wie ein Babypopo.«

»Ha, ha«, sagte ich. In Gedanken war ich ganz woanders. Thierry würde nach Deutschland kommen! Ich brannte darauf, den Rest seiner Mail zu lesen und die Fotos anzuschauen, die er angehängt hatte. Aber Oliver und Karsten dachten nicht daran, mich entkommen zu lassen.

»Los, kommt! Gehen wir«, sagte Oliver plötzlich und legte seinen Arm um meine Schulter.

»Wo wollt ihr denn hin?«, beschwerte ich mich. »Ich hab noch gar nichts gegessen.«

»Das kannst du später noch, es ist genug da. Komm einfach mit.« Oliver tat geheimnisvoll. Doro und Karsten warteten schon vor der Tür. Ich stolperte hinter ihnen die Treppe hinunter und wir betraten den Stall, in dem nur noch die Notbeleuchtung eingeschaltet war.

»Wir wissen nämlich schon, wer der neue Reitlehrer sein wird«, verkündete Karsten geheimnisvoll, als wir die Stallgasse entlanggingen. »Wenn ihr schwört, nicht zu verraten, wie wir das erfahren haben, dann zeigen wir es euch.«

»Klar schwören wir.« Doro hob die Hand.

Ungläubig sahen wir zu, wie Oliver sich streckte und hinter dem Rohr der Wasserleitung neben der Tür der Sattelkammer herumfingerte. Mit einem stolzen Grinsen präsentierte er uns den Schlüssel.

»Kesslers Geheimversteck«, verriet Karsten und drückte auf den Lichtschalter. Mit einem Summen sprang die Neonröhre an der Decke an. Die Sattelkammer war gleichzeitig das Büro des Reitlehrers und das Schloss am Schubladenfach des alten Schreibtischs für uns seit Jahren kein Hindernis mehr. Oliver hob die Schreibtischplatte ein wenig an, Karsten tastete in der obersten Schublade herum. Er grinste, als er eine Mappe hervorzog.

»Die Bewerbungsschreiben, die auf die Anzeige des Vereins in den Reiterzeitungen gekommen sind«, sagte er. »Siebzehn Leute haben sich gemeldet. Und den hier haben sie genommen.« Doro und ich staunten nicht schlecht. Wir beugten uns über den Lebenslauf mit Foto. Ein ziemlich gut aussehender dunkelhaariger Mann lächelte uns an.

»Michael Weyer«, lasen wir. »Geboren am 5.9.1984, also achtundzwanzig. Ledig. Hey, Alex und Gunter kriegen Konkurrenz!«

»Er reitet Vielseitigkeit und Springen«, wusste Oliver. »Hat schon S-Springen und auch S-Dressuren gewonnen und hat das Goldene Reitabzeichen.«

»Wow!« Doro und ich waren beeindruckt. Michael Weyer hatte seine Reitlehrerprüfung vor zwei Jahren mit Auszeichnung abgelegt und suchte eine neue Herausforderung in einem Verein mit breit gefächerter Mitgliederstruktur in Großstadtnähe, wie er schrieb.

»Und woher wisst ihr, dass er der Neue ist?«

»Kopie vom Antwortschreiben.« Karsten suchte ein Blatt aus der Mappe. »Er kommt am 1. Februar nächstes Jahr.«

»Pssst«, machte Dorothee auf einmal. »Da kommt jemand!«

Reflexartig drückte Oliver auf den Lichtschalter. Wir standen wie erstarrt in der Dunkelheit. Draußen auf dem Gang waren jetzt Schritte zu hören. Geistesgegenwärtig drehte Karsten von innen den Schlüssel im Schloss. Ein hysterisches Kichern stieg in mir hoch.

»Wenn jemand von draußen den Riegel vorschiebt, sitzen wir in der Falle«, flüsterte Dorothee.

»Dann bleiben wir über Nacht hier drin«, murmelte Oliver so dicht an meinem Ohr, dass ich erschrocken zusammenzuckte. Jemand rüttelte an der Tür.

»Die ist zu«, ertönte dumpf die Stimme von Herrn Pfeffer, dem Pferdepfleger, der wohl seine letzte Runde drehte und nach dem Rechten sah. »Ich dachte, ich hätte Licht gesehen.« Wir hielten die Luft an.

»Gerade hat er die Stalltür aufgemacht«, wisperte Doro.

»Jetzt geht er zu den Außenboxen. Wenn wir uns beeilen, können wir nach draußen rennen, ohne dass er uns sieht.«

»Warten wir, bis er das Licht in der Schmiedeecke einschaltet«, sagte Karsten, und als das der Fall war, drehte er den Schlüssel im Schloss und stieß die Tür auf. Doro und ich rannten los, aus der Stalltür hinaus und versteckten uns unter dem Vordach hinter der Reithalle, wo die Hindernisse lagerten.

»Wo seid ihr?«, rief Oliver mit gedämpfter Stimme.

»Bei den Hindernissen!«, gab ich genauso leise zurück. In dem Moment, als Herr Pfeffer wieder über den Hof kam, waren die Jungs bei uns. Es war nicht so dunkel, wie ich gedacht hatte. Der Schnee reflektierte das Mondlicht. Die Stalltür knallte zu, das Licht ging aus.

»Das war knapp«, sagte Doro und fing an zu lachen. Wir lachten auch, erleichtert und albern.

»Ich hab Hunger«, stellte Karsten mit plötzlicher Ernüchterung fest. »Lasst uns wieder reingehen.«

»Gute Idee«, stimmte Oliver ihm zu.

»Ich schau noch mal nach Won Da Pie«, sagte ich schnell. »Nicht, dass er unter der Decke geschwitzt hat.«

»Haltet uns einen Platz frei!«, rief Dorothee den Jungs nach, die schon die verschneite Auffahrt entlangstapften. Der Stall war abgeschlossen, deshalb mussten sie den Weg um den Reitplatz herum zum Haupteingang an der Kronberger Straße nehmen.

»Und?«, fragte Dorothee neugierig. »Was schreibt er denn?«

»Warte!« Ich hatte die Mail wieder aufgerufen und las die letzten Sätze.

»Bitte lass mich nicht wieder sechs Monate auf eine Antwort warten«, hatte Thierry geschrieben. *»Ach ja: Frohe Weihnachten! ☺ Je t'embrasse, TJ.«*

Je t'embrasse! Das hieß: Ich küsse dich!

Mein Herz klopfte, als wäre ich hundert Meter auf der

Aschenbahn gesprintet. Mir war schwindelig, in meinem Kopf rasten die Gedanken. Ich zitterte innerlich, als hätte ich aus Versehen in eine Steckdose gegriffen.

»Jetzt sag schon!«, drängte meine beste Freundin. »Was schreibt er?«

»Och, nichts Besonderes«, brachte ich schließlich heraus und versuchte, es beiläufig klingen zu lassen. »Er hat mich auf Facebook angeklickt, aber ich hab da nie wieder reingeschaut. Und er ist ein paar Turniere geritten mit einem Pferd, das ich kenne.«

Doro musterte mich aus schmalen Augen und stemmte die Hände in die Seiten.

»Du grinst wie eine Irre!«, stellte sie fest. »Kannst mir nicht erzählen, dass er dir nur von Facebook und Turnieren geschrieben hat.«

»Lass uns reingehen«, wich ich aus. Ich konnte das alles selbst gar nicht richtig fassen.

Wir stapften schweigend durch den Schnee quer über den Reitplatz. Plötzlich blieb ich stehen, überwältigt von dem, was heute geschehen war. Zuerst meine Angst, dass Won Da Pie mich vor allen Leuten abwerfen würde, dann dieses unbeschreibliche Glücksgefühl, als ich mit ihm über die hohen Hindernisse geflogen war, und schließlich Thierrys E-Mail, die ich nicht erwartet hatte. Auf jeden Fall nicht wirklich erwartet hatte, schon gar nicht so ausführlich und … mit einem solchen Inhalt! Je t'embrasse …

»Hey, Lotte, sag doch was!« Doro sah mich besorgt an. »Hast du einen Schock?«

«Nee«, antwortete ich. »Aber ich glaube, ich werde krank.

Meine Knie sind total weich, und mein Kopf ist irgendwie total leicht. Ich könnte die ganze Welt umarmen!«

»Weißt du was?«, sagte Doro und packte mich an den Schultern. »Ich glaube, du bist nicht krank, sondern verliebt!«

»Ach ja?« Ich musste grinsen. Und dann fing ich an zu lachen. Ich lachte und lachte, hüpfte in die Luft und ließ mich rücklings in den Schnee fallen. Oh ja, sie hatte recht! Ich war verliebt! Bis über beide Ohren. Das ganze Leben war schrecklich aufregend! Thierry würde schon in ein paar Wochen hier in Deutschland sein! Er hatte mich nicht vergessen, im Gegenteil! Und auf einmal freute ich mich. Ich freute mich auf Weihnachten und auf das nächste Jahr mit Won Da Pie, meinen Freunden im Reitstall und auf Thierry Juneau.

PFERDISCH FÜR ANFÄNGER

Die wichtigste Art, wie wir mit Pferden kommunizieren können, ist nicht die gesprochene Sprache (wie cool wäre das denn bitte!), sondern die Körpersprache. Und um die Körpersprache des Pferdes richtig deuten zu können, müssen wir genau hinschauen.

WICHTIG IST: Es gibt keine allgemeingültige Regel für das Körpersignal des Pferdes. Das heißt: Nicht immer, wenn dein Pferd die Ohren nach hinten richtet, ist es auch gleich aggressiv. Vielleicht hat es auch Angst oder hat etwas hinter sich gehört, das es nicht einordnen kann. Hier muss man lernen, immer den ganzen Körper und vor allem auch den Kontext der Situation zu betrachten, um das gezeigte Verhalten richtig deuten zu können.

AUFPASSEN – KOMM MIR NICHT ZU NAH!

Die Nüstern sind schmal und zusammengezogen, die Ohren sind eng nach hinten angelegt, die Augen sind verengt und das Pferd schlägt unwillig mit dem Kopf. Wenn dann noch die Zähne gezeigt werden, bedeutet das Alarmstufe Rot!

WAS IST DAS? DAS MACHT MIR ANGST!

Die Ohren sind rückwärts gerichtet, Nüstern und Augen sind extrem aufgerissen, der Kopf wird nach oben geworfen und das Pferd tänzelt nervös.

MIR GEHT'S SUPER, ICH BIN AUFMERKSAM

Die Ohren sind spitz aufgestellt, der Schweif ist etwas angehoben, der Hals gewölbt und die Augen blicken wach und aufmerksam in Richtung des interessanten Objekts.

EINFACH MAL DIE HUFE BAUMELN LASSEN

Die Ohren sind leicht nach hinten oder seitlich nach hinten geneigt, der Schweif pendelt locker hin und her, der Kopf sowie der Hals wirken entspannt, die Lippen hängen leicht herunter. Bei totaler Entspannung und Dösen wird meist ein Hinterbein angewinkelt auf dem Boden abgestellt.

♥ CHARLOTTES TIPP:

Pferde spüren, wie du dich fühlst, und sind sehr sensibel für Stimmungsänderungen. Also: Bleib immer ruhig und gelassen im Umgang mit deinem Pferd, auch wenn du mal nicht so gute Laune haben solltest.

LIFE HACKS

FÜR DEN STALL

ÄPFEL, MÖHREN UND CO. sind frostempfindlich und sollten nicht im kalten Stall gelagert werden. Denk also daran, diese immer bei dir zu Hause zu lagern und einzupacken, wenn du in den Stall gehst!

Eigentlich braucht man das gar nicht mehr zu erwähnen: Perfekt für einen klirrend kalten Tag im Stall ist der ZWIEBELLOOK. Wenn dir doch mal beim Misten warm werden sollte, kannst du die erste Schicht einfach ausziehen.

UND NOCH EIN KLEIDUNGSTIPP: Zieh statt einem normalen Schal einen Loop-Schal an – der hat keine Enden, die sich verheddern können.

Probier's mal aus: Damit sich beim Ausreiten im Schnee keine Schnee- und Eisablagerungen unter dem Huf aufstollen, reibe die Unterseite des Hufes mit MELKFETT ein.

GEGEN EINGEFRORENE TRÄNKEN gib einfach ein etwas größeres Stück Holz (aufpassen: Dieses muss so groß sein, dass es nicht ausversehen verschluckt werden kann!) in die Tränke; wenn dein Pferd nun trinkt, wird das Holz bewegt und verhindert so das weitere Zufrieren des Wassers.

FÜR DEN STALL

ZWIEBEL-LOOK

Wenn die Hufe deines Lieblings glänzen sollen wie deine frisch gewienerten Reiterstiefel, dann probiere einfach folgenden Trick: Schneide eine Zwiebel in zwei Hälften und reibe damit die Hufe ein. Diese sollten zuvor sauber und trocken sein. Et voilà: natürlicher und gepflegter Glanz!

BRRR!

Der Stall im Winter kann eine frostige Angelegenheit sein. Auch dein Pferd hat es nicht gerne, ein eiskaltes Gebiss ins Maul nehmen zu müssen. Also: Das Gebiss kurz unter heißes Wasser halten, damit es beim Auftrensen angenehm warm ist.

GLÄNZENDER AUFTRITT

Leinsamen sind nicht nur gut für die Verdauung, sondern sorgen gleichzeitig auch für ein schönes, glänzendes Fell: Koche hierzu einfach ca. 100 g Leinsamen in 1 Liter Wasser für 20 Minuten ein. Lasse die Masse abkühlen und verabreiche sie deinem Pferd zwei Mal die Woche.

WILLST DU MEHR ÜBER DIE WELT VON CHARLOTTE UND ELENA ERFAHREN?

Dann schau doch mal hier rein:
www.thienemann-esslinger.de/pferdeliebe

Wir zeigen dir, wie die echten Pferde aussehen, du bist immer auf dem Laufenden und erfährst alle Neuigkeiten rund um unsere Bücher. Und es gibt tolle Preise bei unserem großen Gewinnspiel!

FÜR DOROTHEE

Neuhaus, Nele:
Charlottes Traumpferd – Gefahr auf dem Reiterhof
ISBN 978 3 522 50652 6
Umschlaggestaltung: Johannes Wiebel, punchdesign
unter Verwendung von Bildern von Shutterstock.com
Innentypografie und Satz: Arnold & Domnick, Leipzig
Reproduktion: DIGIZWO GbR, Stuttgart
Druck und Bindung: GGP Media GmbH, Pößneck

FSC
www.fsc.org
MIX
Papier aus verantwortungsvollen Quellen
FSC® C014496